OTRA VUELTA de TUERCA

ALMA CLÁSICOS ILUSTRADOS

Otra vuelta de Tuerca

Henry James

Traducción de
Santiago Rodríguez Guerrero-Strachan

Ilustrado por
Stephanie von Reiswitz

Título original: *The Turn of the Screw*

© de esta edición:
Editorial Alma
Anders Producciones S.L., 2023
www.editorialalma.com

 @almaeditorial

© de la traducción: Santiago Rodríguez Guerrero-Strachan
© de las ilustraciones: Stephanie von Reiswitz

Diseño de la colección: lookatcia.com
Diseño de cubierta: lookatcia.com
Maquetación y revisión: LocTeam, S.L.

ISBN: 978-84-18933-93-6
Depósito legal: B476-2023

Impreso en España
Printed in Spain

Este libro contiene papel de color natural de alta calidad que no amarillea (deterioro por oxidación) con el paso del tiempo y proviene de bosques gestionados de manera sostenible.

La historia nos había mantenido alrededor del fuego con el aliento en suspenso, pero a excepción del comentario obvio de que era terrorífica, tal como deben ser los cuentos de Navidad en una casa antigua, no recuerdo que nadie dijera nada hasta que a alguien se le ocurrió señalar que era el único caso conocido de una aparición a un niño. El caso, puedo decirlo, se refería a una aparición en una casa de características similares a la que nos encontrábamos en aquella ocasión, una aparición espantosa a un niño mientras dormía en la habitación con su madre y a la que, aterrorizado, despertó no para que disipase su miedo y lo tranquilizase y así poder dormirse de nuevo, sino para que también ella se encontrara, antes de calmarlo, ante la misma visión que lo había asustado. Fue esta observación la que llevó a Douglas —no de manera inmediata, sino al cabo de la tarde— a formular una réplica que incluía la interesante consecuencia sobre la que llamo la atención. Alguien más contó otra historia que no era especialmente efectiva y a la que nadie prestó atención. Tomé esto como una señal de que tenía algo que contar y de que solo teníamos que esperar. Dos noches esperamos, pero esa misma tarde, antes de que nos separásemos, sacó a colación lo que tenía en mente.

«Estoy de acuerdo —por lo que se refiere al fantasma de Griffin, o lo que fuera— con que aparecerse primero a un niño de edad tan tierna le añade un matiz propio. Pero no es la primera manifestación de naturaleza fascinante de que yo tenga noticia que ha acaecido a un niño. Si el hecho del niño implica una vuelta de tuerca, ¿qué dirían si se tratara de *dos* niños?».

«¡Decimos, naturalmente», exclamó alguien, «que dos niños suponen dos vueltas! Y que queremos que nos la cuente».

Recuerdo a Douglas, de pie de espaldas al fuego, con las manos en los bolsillos mirando a su interlocutor. «Hasta ahora nadie más que yo la conoce. Es demasiado espantosa». Como era de esperar, aquello fue ratificado por varias voces con la intención de conferirle su máximo valor y nuestro amigo, con pausado dominio, preparó su triunfo al volver hacia el resto de nosotros su mirada y proseguir: «Va más allá de cualquier otra cosa. Nada de lo que conozco llega a parecérsele».

«¿Por puro terror?», recuerdo que pregunté.

Parecía decir que no era algo tan simple y que de verdad no sabía cómo calificarlo. Se pasó una mano por los ojos, esbozó una mueca de disgusto. «¡Por el espanto, el horror!».

«¡Qué delicioso!», dijo una de las mujeres.

No le hizo caso; me miró pero parecía que, en vez de verme a mí, viese de lo que hablaba. «Por el espanto inconcreto ante lo desconocido y por el horror y el dolor».

«Bien, entonces», dije, «siéntese y cuéntela».

Se volvió hacia el fuego, propinó un puntapié a un leño y lo miró un instante. Luego, al mirarnos de nuevo: «No puedo. Tengo que pedirla a la ciudad». Hubo una queja unánime y un gran reproche, tras de los cuales, con su aspecto de preocupación, explicó: «La historia está escrita. Está guardada en un cajón y no ha salido de ahí hace años. Podría escribir a mi sirviente y mandarle la llave. Nos enviaría el paquete en cuanto lo encontrase». Era a mí sobre todo a quien se lo proponía y pedía ayuda para no echarse atrás. Había roto una gruesa capa de hielo formada durante muchos inviernos; tenía sus razones para haber mantenido un silencio prolongado. Los otros protestaron por el retraso, pero eran los escrúpulos de él los que me

emocionaron. Le rogué que lo pidiese en el primer correo y que acordásemos una reunión temprana; le pregunté entonces si la había vivido él. A lo que respondió con celeridad: «Gracias a Dios que no».

«¿Y la narración es suya? ¿La copió usted?».

«Nada más que las impresiones. La guardé aquí», señaló el corazón. «Jamás la he perdido».

«¿Y el manuscrito...?».

«Está escrito con una caligrafía preciosa y la tinta casi se ha ido». De nuevo hizo una pausa para avivar el fuego. «Es de una mujer. Muerta hace veinte años. Me envió las páginas de las que le hablo antes de morir». Todos escuchaban ahora y hubo alguien perspicaz al menos para deducirlo. Pero si bien es verdad que desechó la deducción sin sonreír, tampoco se irritó. «Era una persona encantadora, diez años mayor que yo. Era la institutriz de mi hermana», dijo con calma. «Era la mujer más agradable que he conocido en su trabajo; se merecía todo. De esto hace mucho pero este episodio tuvo lugar mucho antes. Yo estaba en el Trinity[1] y la encontré en casa cuando regresé al inicio del segundo verano. Pasé mucho tiempo allí ese año —sin duda, hermoso— y mantuvimos, en sus horas libres, conversaciones mientras paseábamos por el jardín, conversaciones en las que revelaba un delicioso carácter de singular inteligencia. Oh, sí, no se rían. Me gustaba mucho y me alegra pensar hoy día que yo también le gustaba. Si no hubiera sido así, no me lo habría contado. Nunca se lo dijo a nadie. Lo sé no solo porque ella me lo dijese. Estaba seguro, podía darme cuenta. Ya juzgarán cuando lo oigan».

«¿Por qué era aquello espantoso?».

Continuó con su mirada fija en mí. «Ya juzgará», repitió: «ya verá».

También yo lo miré desafiante. «Me doy cuenta. Estaba enamorada».

Por primera vez rio. «Es *avispado*. Sí, estaba enamorada. Es decir, lo *había* estado. Eso salió a la luz. No podía contar su historia sin que saliera eso. Lo vi, y ella vio que yo lo había visto; pero ninguno de nosotros habló de ello. Recuerdo el lugar y el momento, la esquina del césped, la sombra de las hayas enormes y la extensa tarde de estío. No era una escena

---

1   Trinity College, uno de los mejores *colleges* de Cambridge.

propicia al estremecimiento, ¡pero...!». Se apartó del fuego para dejarse caer en la silla.

«¿Recibirá el paquete el jueves por la mañana?», le pregunté.

«Con toda probabilidad solo en el segundo correo».

«Bien, entonces, después de la cena».

«¿Nos veremos aquí?». Nos miró una vez más. «¿Alguien piensa marcharse?». El tono era casi de esperanza.

«¡Nos quedamos todos!».

«¡Yo me quedo, y yo!», exclamaron las señoras que ya habían concretado su marcha. La señora Griffin, sin embargo, insinuó que debería aclararles la situación algo más.

«¿Quién estaba enamorado de quién?».

«La historia lo dirá», me encargué de responder.

«¡Se me va a hacer largo esperar para escucharla!».

«La historia *no* lo dirá», dijo Douglas, «no de un modo literal y vulgar».

«Peor aún. Es la única manera de que pueda entenderla».

«¿No nos lo dirá *usted,* Douglas?», preguntó alguien. De nuevo se levantó. «Sí, mañana. Ahora he de irme a la cama. Buenas noches». Y, cogiendo con rapidez un candelabro, nos dejó ligeramente perplejos. Desde el fondo del gran recibidor de color de madera, le oímos subir las escaleras, después de lo cual la señora Griffin habló: «Bien, si no sé de quién estaba ella enamorada, sí sé quién era él».

«Era diez años mayor», dijo el marido.

«*Raison de plus,* ¡a esa edad! Es encantadora la reticencia que ha mantenido tanto tiempo».

«¡Cuarenta años!», añadió Griffin.

«¡Y al final esta revelación!».

«La revelación», repliqué, «dará lugar a un gran momento el jueves por la noche». Todos estuvieron de acuerdo conmigo y a la luz de aquello perdimos todo interés por lo demás. La última historia, por más que incompleta y poco menos que una simple obertura de un conjunto, ya la habían contado. Nos despedimos con un apretón de manos y «agarrados a los candelabros», como alguien señaló, nos dirigimos a los dormitorios.

Al día siguiente supe que una carta que contenía la llave había sido enviada a su residencia de Londres con el primer correo, pero a pesar de —o quizá por esa razón— la difusión final de este hecho lo dejamos a solas hasta después de la cena, una hora que se avenía mejor con el tipo de sentimiento en que nuestras esperanzas se hallaban cifradas. Entonces se mostró tan comunicativo como deseábamos explicándonos las razones de su comportamiento. Nos lo dijo delante del fuego en el recibidor, al igual que la noche anterior nos había asombrado allí de manera agradable.

Daba la impresión de que la historia que nos iba a leer necesitaba de un pequeño prólogo para su correcta comprensión. Permítaseme decir con claridad aquí, para dejar el asunto zanjado, que la historia que les voy a contar es una transcripción literal que realicé tiempo después. El pobre Douglas, antes de su muerte —cuando vio que se acercaba—, me entregó el manuscrito que le llegó al tercer día y que, en el mismo lugar, con gran efectismo, comenzó a leer a nuestro pequeño grupo silencioso en la cuarta noche. Las señoras que tenían que irse pero que dijeron que se quedarían al final, gracias a Dios, no se quedaron; por los planes que habían trazado, se marcharon, llenas de curiosidad, como confesaron, por las alusiones que habían despertado nuestro interés. Esto solo hizo que la audiencia restante fuera más compacta y selecta, y que se mantuviese, alrededor del hogar, unida en torno a una misma emoción.

La primera de las alusiones daba a entender que la declaración escrita continuaba la historia en un punto posterior al que, de algún modo, había empezado. El hecho era que su vieja amiga, la más joven de varias hijas de un párroco rural, a la edad de veinte años había ido a Londres, para entrar a trabajar por vez primera de institutriz, y había acudido con premura para responder en persona a un anuncio que la había puesto ya en contacto breve con el anunciante. Esta persona —al presentarse ella para que juzgara su adecuación al puesto de trabajo en una casa de la calle Harley que la impresionó por lo imponente y grandiosa—, este posible patrón resultó ser un caballero, un soltero en lo mejor de la vida, una figura nunca vista salvo en sueños o en una novela antigua, por una muchacha nerviosa de una vicaría de Hampshire. Es fácil clasificarlo, felizmente nunca llegan a desaparecer.

Era apuesto, osado y agradable, brusco y alegre y amable. Inevitablemente le impresionó su galantería y su belleza, pero lo que más le llamó la atención y le dio el coraje que demostró más tarde fue que hizo que todo pareciese un favor, una obligación en la que él con agrado incurría. Ella lo imaginaba rico, pero terriblemente extravagante, lo veía rodeado de un halo de elegancia, apuesto, derrochador, encantador con las mujeres. En la ciudad ocupaba una gran casa llena de recuerdos de viajes y trofeos de caza, pero era a la casa de campo, una antigua residencia familiar en Essex, adonde quería que ella se dirigiese de inmediato.

Le habían dejado, a la muerte de sus padres en la India, al cargo de unos sobrinos pequeños, hijos de un hermano militar más joven a quien había perdido dos años atrás. Los niños resultaron ser, por una extraña casualidad en un hombre de su posición —un hombre solo sin la experiencia adecuada ni un ápice de paciencia—, una carga pesada. Todo se había convertido en una preocupación y, sin duda alguna por su parte, en un conjunto de errores; aun así sentía una enorme lástima por los niños, por los que se había esforzado al máximo, en concreto los había mandado a su otra casa, pues el lugar adecuado para ellos era, por supuesto, el campo, y allí los había dejado al cuidado de las mejores personas que podían ocuparse de ellos, quedándose incluso sin algunos de sus criados, y acercándose a visitarlos cada vez que le era posible. Lo extraño era que prácticamente no tenían más familia y que a él sus asuntos le ocupaban casi todo el tiempo. Los había acomodado en Bly, un lugar sano y seguro, y había dejado al cargo de su reducido personal, pero para que solo se ocupase de los asuntos domésticos, a una mujer excelente, la señora Grose, a quien, estaba seguro, su huésped querría, y que había sido con anterioridad la doncella de su madre. Ahora ejercía de ama de llaves y temporalmente se ocupaba de la niña, a quien, sin hijos que criar, por suerte estimaba. Había mucho personal, pero la señora que ejerciese de institutriz ostentaría la autoridad suprema. También se encargaría en vacaciones de cuidar al niño, que había estado en el colegio durante un trimestre —a pesar de su poca edad, pero ¿qué otra cosa podía hacerse?— y que con las vacaciones regresaría de un momento a otro. En un principio se ocupó de los niños una señorita a quien tuvieron la mala fortuna de perder.

Se había comportado con ellos extraordinariamente bien —no en vano era una persona muy respetable— hasta su muerte, situación comprometida que había obligado al ingreso de Miles en el colegio. La señora Grose, desde entonces, en lo que se refiere a la educación y a lo material, se había encargado lo mejor que había podido de Flora; a ella se añadían una cocinera, una criada, una encargada de la leche, un viejo póney, un mozo de cuadra y un jardinero viejos, todos ellos igual de respetables.

Hasta ahí había presentado Douglas la escena cuando alguien preguntó: «¿Y de qué murió la primera institutriz? ¿De tanta respetabilidad?».

La respuesta de nuestro amigo fue rápida. «Ya se sabrá. No quiero anticiparlo».

«Discúlpeme, pensé que era lo que *estaba* haciendo».

«Si yo fuese su sucesora», sugerí, «habría querido saber si el trabajo entrañaba...».

«¿Necesariamente peligro para la vida?». Douglas completó mi pensamiento. «Quiso saberlo y lo supo. Mañana sabrán el qué. Mientras tanto la mera posibilidad le resultó ligeramente sombría. Era joven, sin experiencia, nerviosa; las perspectivas eran de obligaciones serias y poca compañía, de mucha soledad. Dudó, se tomó un par de días para consultar y considerarlo. Pero el salario que le ofrecían excedía en mucho sus modestas posibilidades, y en una segunda entrevista aceptó la oferta». Douglas con esto hizo una pausa que me animó, por el bien de la compañía, a apuntar:

«La moraleja que se saca es la seducción ejercida por el apuesto caballero. Se rindió ante él».

Se levantó, tal y como había hecho la noche anterior, se dirigió al fuego, removió un leño con el pie, y durante un breve instante nos dio la espalda. «Solo lo vio dos veces».

«Sí, pero ahí está la belleza de la pasión».

Y para mi sorpresa, al oír esto, Douglas se volvió hacia mí. «Era la belleza. Hubo otras», prosiguió, «que no habían sucumbido. Le expuso las dificultades con franqueza; para varias aspirantes las condiciones habían sido inaceptables. Simplemente tenían miedo. Les parecía aburrido, les parecía extraño y mucho más al saber la condición principal».

«¿Cuál era...?».

«Que nunca lo molestasen, nunca jamás; ni una llamada ni una queja ni una carta. Todo lo tendría que resolver ella, recibiría el dinero del abogado, se encargaría de todo y a él lo dejaría en paz. Prometió hacerlo así, y me comentó que cuando, por un momento, aliviado y feliz, le agarró la mano, agradeciéndole el sacrificio, ella se sintió recompensada».

«¿Y esa fue toda la recompensa?», preguntó una de las damas.

«Nunca volvió a verlo».

«¡Vaya!», dijo la señora; y esa fue la única palabra importante que, al dejarnos en ese momento nuestro amigo, se añadió al tema hasta que, a la noche siguiente, en la esquina del hogar, en la mejor silla, abrió un cuaderno anticuado de tapas de color rojo desvaído y cantoneras doradas. El asunto nos ocupó más de una noche, pero a la primera oportunidad la misma dama hizo otra pregunta.

«¿Cómo lo ha titulado?».

«No lo he hecho».

«¡Vaya, yo sí!». Pero Douglas, sin prestarme atención, había dado comienzo a la lectura con tal claridad que era como entregarse a la belleza de la caligrafía de su autora.

I

Recuerdo los inicios como una sucesión de ascensos y caídas, una mínima variación entre latidos fuertes y otros temerosos. Después de haber hecho caso a sus peticiones en la ciudad en un estado de euforia, me sobrevinieron dos días en verdad malos, días en que se renovaron las dudas y sentía que me había equivocado. En este estado de ánimo hice la accidentada y sinuosa travesía que me condujo al lugar en que un coche de la casa me recogería. Era un coche cómodo que habían alquilado para mí, según me dijeron, y que me esperaba en el ocaso de una tarde de junio. Mientras atravesábamos, a esa hora de un hermoso día, la campiña, cuyo dulzor veraniego actuaba de bienvenida entrañable, mi ánimo revivió y al entrar en una avenida encontró un alivio, lo que probaba lo bajo que había caído. Supongo que esperaba o temía

algo tan espantoso que lo que me recibió fue una gran sorpresa. Recuerdo como una impresión agradable en extremo la fachada amplia y despejada, las ventanas abiertas con las cortinas de amplio vuelo y las sirvientas que se asomaban; recuerdo el césped y las flores radiantes y el crujido de las ruedas en la gravilla y las copas arracimadas de los árboles por encima de las cuales los grajos volaban graznando bajo el cielo dorado. La escena poseía una grandeza que la alejaba de mi humilde casa; en seguida apareció en la puerta, con una niña de la mano, una persona que saludó con una reverencia tan decorosa como si yo fuera la señora o una visita distinguida. En la calle Harley me habían descrito someramente el lugar y eso, según lo recordaba, me hizo pensar que el propietario era aún más caballeroso, y me dio la idea de que lo que iba a disfrutar sobrepasaba sus promesas.

No recaí hasta el día siguiente, pues la presentación de la más joven de mis pupilos me llevó, cual en brazos del triunfo, durante las horas siguientes. Desde el primer momento la niña que acompañaba a la señora Grose me pareció una criatura demasiado encantadora como para no pensar que era una gran suerte el tener que convivir con ella. Era la niña más hermosa que había visto; más tarde me pregunté por qué mi patrón no había puesto más énfasis en ello. Dormí poco aquella noche, tan excitada estaba, lo que también me extrañó, según rememoro, y persistió y se sumó al sentimiento de liberalidad con que me trataban. La espaciosa habitación, una de las mejores de la casa, la cama amplia, tal como la había imaginado, los cortinajes bordados con figuras, los espejos de pie en los que por primera vez podía verme de pies a cabeza, todo me sorprendía, como si fuera el atractivo maravilloso de mi pequeña responsabilidad o como si fueran dones. Se añadía también desde el primer momento que yo mantuviese con la señora Grose una relación a la que había estado dando vueltas a mi manera en el coche. Lo que en el primer contacto me hubiese hundido de nuevo habría sido el verla tan excesivamente feliz de conocerme. Me di cuenta en seguida de que estaba tan contenta —una mujer firme, simple, llana, limpia y hacendosa— que se cuidaba mucho de mostrarlo a las claras. Me pregunté entonces por qué *no* habría de demostrarlo así como que, con premeditación y con recelo, podría haber hecho que me sintiera incómoda.

Pero era un consuelo que no hubiera nada inquietante en algo tan beatífico como la imagen radiante de mi niña, la visión de cuya belleza angelical era la causa principal de la inquietud que, antes de que amaneciera, hizo que me levantara varias veces y caminara por la habitación para asimilar la situación y pensar en el futuro, para ver desde mi ventana el suave amanecer veraniego, para contemplar las zonas de la casa a las que la vista alcanzaba, y para escuchar en la noche que se desvanece el canto primero de los pájaros, y la posible repetición, dentro y no fuera, de uno o dos sonidos no tan naturales como había imaginado que escuchaba. Hubo un momento en que creí reconocer, débil y lejano, el llanto de un niño; en otro me encontré sobresaltada por ligeros pasos ante mi puerta. Pero tales imaginaciones carecían de fuerza y podía desecharlas, y solo a la luz, o a la sombra, debería decir, de otros sucesos posteriores regresan. Vigilar, enseñar, «formar» a la pequeña Flora significarían con toda evidencia una vida feliz y útil. Habíamos acordado abajo que, después de esta primera noche, me encargaría por supuesto de ella, estando su camita blanca ya preparada en mi habitación. Me había comprometido a todo lo que se refería a su cuidado, y esta era la última vez que dormía con la señora Grose y eso solo por consideración hacia ella de natural tímida, y para quien yo era una extraña. A pesar de la timidez, sobre la cual la misma niña, del modo más peculiar del mundo, había mostrado franqueza y coraje, permitiéndonos, sin signos visibles de incomodidad, y con la dulce serenidad de uno de los querubines de Rafael, que discutiésemos, que se la achacásemos y que decidiéramos por ella, intuí que le caería bien. Era en parte por aquello por lo que la señora Grose me gustaba, la alegría que sentía por mi admiración y asombro a la hora de la cena en la mesa con los cuatro velones y mientras mi pupila, sentada en una silla alta y con un babero, miraba resplandeciente entre ellos al tiempo que se tomaba la leche y el pan. Naturalmente había cosas que en presencia de Flora solo podían pasar entre nosotras, como miradas prodigiosas y agradecidas, alusiones oscuras y tangenciales.

«¿Y el niño?, ¿se parece a ella? ¿Es tan extraordinario?». Habíamos acordado no halagar abiertamente a ninguno de ellos. «Bueno, señorita, de lo *más* extraordinario. Si piensa bien en esta», y permaneció allí con un plato

entre sus manos, radiante ante nuestra compañera que pasaba de una a otra su mirada candorosa y que nada albergaba que nos enjuiciase.

«Sí, ¿y si así hago?».

«El joven caballero la *absorberá*».

«Bueno, creo que para eso vine aquí, para dejarme llevar. Me temo, sin embargo», recuerdo que sentí el impulso de añadir, «que me dejo llevar con total facilidad. Me dejé convencer en Londres».

Aún puedo ver la cara ancha de la señora Grose cuando lo escuchó. «¿En la calle Harley?».

«En la calle Harley».

«Bueno, señorita, no es la primera, y no será la última».

«No pretendo», esbocé una sonrisa, «ser la única. De cualquier modo, ¿el otro pupilo, según tengo entendido, llega mañana?».

«Mañana no, el viernes. Llega, al igual que usted, en coche, a cargo del guarda, y ha de estar esperándolo el mismo carruaje».

Quise entonces saber si lo apropiado, así como lo agradable y entrañable, no sería que estuviese esperando con su hermanita el transporte público, proposición a la que la señora Grose asintió tan de corazón que de algún modo tomé como prueba tranquilizadora —jamás desmentida, ¡gracias a Dios!— de que podría contar con ella en cualquier circunstancia. ¡Qué feliz era de que estuviese yo allí!

Lo que al día siguiente sentí no fue, supongo, nada que no pudiese calificarse de reacción ante la alegría de mi llegada; era a lo sumo una ligera opresión producida por un enjuiciamiento más cabal de la situación conforme recorría, observaba y me familiarizaba con las nuevas circunstancias. Tenían, por así decirlo, una extensión y un peso para los que no me había preparado y en presencia de los cuales me encontré, repentinamente, algo asustada al tiempo que orgullosa. Las lecciones regulares, en medio de esta agitación, se resintieron bien es verdad. Pensé que mi primera obligación era, con las argucias más sutiles, ganarme a la niña en el sentido de que me conociera. Pasé el día con ella fuera; decidimos, para su satisfacción, que solo ella me enseñaría el lugar. Me mostró todos los rincones, las habitaciones y los secretos, mientras hablaba de manera infantil, deliciosa y graciosa,

con el resultado de que en media hora habíamos congeniado. A pesar de su juventud, me sorprendió su confianza y coraje por el modo en que avanzaba por salas vacías y largos pasillos, por escaleras de caracol que me obligaban a detenerme, e incluso me llevó a lo alto de un torreón cuadrangular almenado en que me mareé, y allí su tono musical, su disposición para contarme muchas más cosas de las que ella preguntaba, resonó. No he vuelto a ver Bly desde el día en que me fui. Me atrevo a decir que, para mis envejecidos y sabios ojos de ahora, perdería grandeza. Pero conforme mi pequeña guía, con su pelo dorado y su vestido azul, se desenvolvía con agilidad por las revueltas de la casa y recorría los pasillos, tuve la impresión de que era un castillo de aventuras habitado por un duende travieso, un lugar que de algún modo, por continuar con la joven idea, adquiriría el color de los libros de cuentos de hadas. ¿No era eso simplemente un cuento ante el que me había dormido y soñaba? No; era una casa grande antigua y fea, pero aún confortable, que contenía partes de un edificio aún más viejo, desplazado y utilizado a medias, en el que soñé que estábamos perdidos como un puñado de pasajeros de un gran barco que se hunde. ¡Y yo curiosamente estaba al timón!

II

Esto se me ocurrió cuando, dos días después, acompañada de Flora fui a buscar, tal como la señora Grose dijo, al pequeño caballero; después de que un incidente, que había tenido lugar el segundo día, me desconcertase profundamente. El primer día había sido, en términos generales, tranquilizador; pero más tarde hube de presenciar con temor un cambio de tono. La saca de correos de esa tarde —había llegado con retraso— traía una carta para mí que, sin embargo, a pesar de estar escrita por mi patrón, encontré que se trataba de unas pocas palabras que incluían otras dirigidas a él con el lacre aún intacto. «Esto, lo reconozco, es del director del colegio, y el director es un pelmazo insoportable. Léala, por favor; trate con él del asunto, pero haga el favor de no contarme nada. Ni una palabra. ¡No me interesa!». Rompí el lacre con gran esfuerzo, tanto tiempo estuve decidiéndome; me llevé a continuación la carta sin abrir a mi habitación y solo comencé a leerla

cuando me disponía a acostarme. Ojalá la hubiese dejado hasta la mañana siguiente, pues me costó otra noche de insomnio. Sin nadie a quien pedir consejo, al día siguiente estuve afligidísima hasta que reuní fuerzas para sincerarme a la señora Grose.

«¿Qué significa que han expulsado al niño del colegio?».

Me miró de un modo extraño que advertí al momento; luego, de manera visible, con una expresión instantánea de estupefacción, pareció intentar recapitular. «¿Pero no los han...?».

«¿Mandado a sus casas?, sí, pero solo durante las vacaciones. Puede que Miles no vuelva más allí».

Consciente de que la observaba, enrojeció. «¿No lo van a admitir?».

«Se niegan en redondo».

Con esto levantó los ojos, que había apartado de mí y que vi llenos de lágrimas. «¿Qué ha hecho?».

Vacilé un momento y decidí que lo mejor sería enseñarle el papel, el cual, por otro lado, tuvo el efecto de hacerle que se llevara las manos a la espalda sin ni siquiera llegar a cogerlo. Meneó la cabeza con tristeza. «Ciertas cosas no son para mí, señorita».

¡Mi consejera no sabía leer! Contraje la cara con disgusto por el error que había cometido, que atenué en lo posible, y abrí una vez más la carta para repetírsela; luego, con temblores, la doblé de nuevo y la metí en el bolsillo. «¿Es de verdad *malo*?».

Aún había lágrimas en sus ojos. «¿Es lo que dicen los señores?».

«No entran en detalles. Se limitan a expresar su pesar por la imposibilidad de que permanezca. Eso solo puede significar una cosa». La señora Grose escuchó sin disimular un sentimiento de sorpresa. Se abstuvo de preguntarme cuál podía ser el significado, así que para exponer el asunto ante mí misma con cierta coherencia y con la sola ayuda de su presencia, proseguí: «Que resulta un perjuicio para los otros».

Ante esto, y con la rapidez de la gente simple, se indignó:

«¿El señorito Miles, él un perjuicio?».

Hubo tal profesión de buena fe en eso que, aunque aún no conocía al niño, mis mismos miedos me hicieron dar un respingo ante lo absurdo de la idea. Me encontré con que, para atraer a mi amigo lo más posible, estaba añadiendo a continuación con sarcasmo: «¿Para sus pobres compañeros inocentes?».

«¡Es tan atroz», gritó la señora Grose, «decir tales cosas! Si no tiene ni diez años».

«Sí, sí. Es increíble».

Estaba agradecida por la confesión. «¡Primero conózcalo, señorita, y solo *después* créalo!». Una vez más me sentí impaciente por conocerlo. Era el comienzo de una curiosidad que en las horas siguientes llegaría a causarme dolor. La señora Grose era consciente, podría asegurarlo, del efecto que había producido en mí, y prosiguió con seguridad en sí misma. «También podría creerlo de la señorita. ¡Bendita sea!», añadió al instante, «¡mírela!».

Me volví para ver a Flora, a quien, diez minutos antes, había dejado en la clase con una hoja de papel en blanco, un lápiz y una copia de preciosas oes redondas. Se presentaba ante la puerta abierta para que la viésemos. Expresaba a su manera un desapego extraordinario por las tareas desagradables, mientras me miraba, de todos modos, con una claridad infantil que parecía ofrecerme como resultado del mero afecto que había cogido a mi persona y que la obligaba a seguirme. No necesitaba más que esto para sentir toda la fuerza de la afirmación de la señora Grose y, tomando a mi pupila en brazos, la llené de besos que dejaron escapar un suspiro de pesar. No obstante, busqué la ocasión de acercarme a mi colega durante el resto del día, especialmente cuando, al caer la tarde, di en imaginar que más bien trataba de evitarme.

La asalté en la escalera según recuerdo. Bajamos juntas y la detuve al llegar abajo, agarrándola del brazo.

«Acepto lo que me dijo a mediodía como declaración de que *usted* nunca lo ha visto comportarse mal».

Echó hacia atrás la cabeza. Por entonces había adoptado con total honestidad una pose. «¡Bueno, no haberlo visto nunca, tampoco es *eso*!».

De nuevo se sorprendió. «¿Entonces lo ha *visto*…?».

«Por supuesto, señorita, ¡gracias a Dios!».

Acepté esto tras haberlo meditado. «¿Insinúa que es un niño que nunca...?».

«¡No es un niño para *mí*!».

La retuve con más fuerza. «¿Le gusta que sean traviesos?». Y al mismo tiempo que me respondía, repliqué con impaciencia: «A mí también, pero no hasta el grado de que contaminen».

«¿Contaminen?», mi respuesta la dejó estupefacta. Me expliqué: «Corrompan».

Inmóvil, me miraba mientras asimilaba el significado, que le forzó una risa. «¿Teme que la corrompa a *usted*?». Me lo preguntó con un humor tan delicado que con una carcajada, un tanto idiota, sin duda alguna, la dejé marchar por miedo al ridículo.

Al día siguiente, al acercarse el momento del viaje, me acerqué a ella en otro lugar. «¿Cómo era la señorita que estuvo aquí con anterioridad?».

«¿La última institutriz? También era joven y hermosa, joven y casi tan guapa, señorita, como usted».

«¡Me imagino que entonces su juventud y belleza le ayudarían!», recuerdo que repliqué con brusquedad. «¡Parece preferirnos jóvenes y hermosas!».

«¡Sin *duda* alguna!», asintió la señora Grose: «¡Así le gustaban todas!». No bien lo hubo dicho, se arrepintió.

«Quiero decir que es *así*, el señor».

Estaba atónita. «¿Pues de quién hablaba en un principio?».

Se puso pálida y en seguida enrojeció. «De quién va a ser, de él».

«¿Del señor?».

«¿De quién si no?».

Era tan obvio que no había nadie más que al instante dejé de tener la impresión de que la señora Grose había hablado más de la cuenta y le pregunté simplemente lo que quería saber. «¿Vio algo en el niño...?».

«¿Que no fuese correcto? Nunca me dijo nada».

Me sobrepuse a los escrúpulos que tenía. «¿Tenía cuidado..., era exigente?».

La señora Grose pareció reflexionar de manera concienzuda. «Con algunas cosas, sí.

«¿Pero no con todas?».

Se concentró una vez más. «Bueno, señorita, está muerta. No contaré rumores».

«Entiendo que lo sienta», me apresuré a replicar, aunque después de un instante pensé, sin oponerme a su prerrogativa, que debía proseguir: «¿Murió aquí?».

«No, se marchó».

No sé qué había en la brevedad de la respuesta de la señora Grose que me sorprendió por su ambigüedad. «¿Se marchó para morir?». La señora Grose miró por la ventana, pero sentí que, de manera hipotética, yo tenía el derecho a saber lo que se esperaba de las jóvenes contratadas para trabajar en Bly. «¿Quiere decir que enfermó y se fue a su casa?».

«No enfermó, por lo menos eso parece, en esta casa. La dejó a finales de año para irse a la suya, según dijo, para pasar unas vacaciones cortas, algo a lo que tenía derecho por el tiempo que llevaba aquí. La sustituyó una mujer joven, una niñera que llevaba ya un tiempo, una chica buena e inteligente, y que se encargó de los niños durante el intervalo. Pero la joven señorita nunca regresó, y en el momento en que la esperaba, el señor me comunicó que había fallecido».

Volví a preguntar: «Pero, ¿de qué?».

«¡Nunca me lo dijo! Por favor, señorita», me suplicó la señora Grose, «debo proseguir con mi trabajo».

III

Que me volviese la espalda no fue para mí, por fortuna para mis preocupaciones, un desaire que pudiera impedir el crecimiento de nuestra mutua amistad. Una vez que llevé al pequeño Miles a casa, intimamos más que antes gracias a mi estupefacción, y en general a mis sentimientos. Me encontraba en disposición de decir lo monstruoso que era que un niño, tal como se había presentado ante mí, estuviese bajo semejante interdicto. Llegué con cierto retraso al lugar de nuestro encuentro y sentí, al verlo ante mí buscándome con ansiedad ante la puerta de la posada en que el

coche lo había dejado, que lo conocía desde ese mismo instante, por fuera y por dentro, nimbado por la fresca fragancia de la pureza, la misma en la que vi envuelta desde el primer momento a su hermana. Era de una hermosura increíble, y la señora Grose había acertado. La presencia del niño había desplazado todo excepto una especie de tierna pasión por él. Lo que entonces conquistó mi corazón fue algo divino en él que nunca he vuelto a encontrar en el mismo grado en otros niños, su aire indescriptible de no conocer nada en este mundo que no sea el amor. Resultaría imposible tener una mala reputación con semejante inocente dulzura, y una vez que regresé a Bly con él, me quedé perpleja —siempre y cuando se entienda que no me sentía indignada— por el sentido de la horrorosa carta que había guardado bajo llave en algún cajón de mi habitación. En cuanto pude intercambiar unas palabras en privado con la señora Grose, le dejé bien claro que me parecía grotesco.

«No se sostiene ni un segundo. Estimada señora, ¡pero *mírelo*!».

Sonrió ante mi pretensión de haber descubierto su encanto. «¡Le aseguro, señorita, que no hago otra cosa! ¿Qué dirá usted entonces?», añadió a continuación.

«¿En respuesta a la carta?». Ya había tomado una decisión. «Nada en absoluto».

«¿Y a su tío?».

Fui tajante. «Nada en absoluto».

«¿Y al niño?».

Estuve maravillosa. «Nada en absoluto».

Se pasó el delantal por los labios. «La apoyo. Veremos qué sucede».

«¡Veremos qué sucede!», repetí con ardor, acercándole la mano para cerrar un juramento.

Me retuvo allí un momento, para de nuevo pasarse el delantal por los labios con la mano que tenía libre. «¿Le molestaría si me tomase la libertad de...?».

«¿De besarme? ¡Por supuesto que no!». Abracé a la buena mujer y tras habernos dado un abrazo como hermanas me sentí más fortalecida e indignada.

En todo caso esto ocurrió por entonces, un tiempo tan pleno, según evoco la manera en que se desarrolló, que me recuerda todo el empeño que he de poner para diferenciarlo de lo demás. Lo que contemplo con asombro del pasado es la situación que acepté. Me había comprometido, junto con mi compañera, a ver lo que sucedía y en apariencia estaba bajo los efectos de una tranquilidad que podía extenderse a las lejanas ramificaciones complejas de tal esfuerzo. Estaba embarcada en lo alto de una ola de engreimiento y pena. En mi ignorancia, confusión y quizá presunción encontraba fácil la asunción de que podía tratar con un niño cuya educación mundana no había hecho sino empezar. Ni siquiera puedo recordar hoy el plan que tracé para cuando llegase el final de sus vacaciones y reanudase el colegio. Todos estábamos de acuerdo en que ese verano debía asistir a mis clases. Ahora creo, sin embargo, que las clases iban dirigidas a mí. Aprendí algo que al menos en un principio no se contaba entre los conocimientos de mi reducida experiencia; aprendí a que me divirtieran, e incluso a ser entretenida, y a no pensar en el mañana. En cierto modo era la primera vez que sabía lo que era el aire y el espacio y la libertad, la melodía del verano y el misterio de la naturaleza. Hubo asimismo retribución, ¡y era tan dulce! Fue, sí, una trampa, profunda e impensada, para mi imaginación, para mi delicadeza, quizá para mi vanidad; para todo aquello que en mí era más apasionado. La mejor manera de calificarlo es diciendo que no estuve en guardia. Qué pocos problemas me dieron con su extraordinaria manera de ser. Daba en especular, y esto con un lánguido abandono, acerca de cómo el riguroso futuro —¡pues todos lo son!— los trataría y cómo podría marcarlos. Estaban en la flor de la vida, sanos y felices; y aun así, si hubiese estado al cargo de un par de pequeños aristócratas, de príncipes de sangre azul, para quienes todo, para que fuese correcto, tendría que haber sido meditado, ordenado y llevado a cabo, la única forma que en mi imaginación aparecían sus años venideros era la de una propiedad romántica, regia de verdad, compuesta de jardines y parques. No hay que descartar que lo que prosiguió da a lo anterior un tinte de quietud, igual al silencio de algo que se agazapa. El cambio fue en realidad como el salto de una bestia.

Durante las primeras semanas los días fueron largos; a menudo, si todo iba bien, tenía para mí lo que solía llamar mi propia hora, la hora en que, una vez pasada la del té y llegada para mis pupilos la de irse a dormir, tenía antes de retirarme un poco de tiempo. A pesar de lo mucho que me agradaba su compañía, esta era la hora del día que más me gustaba, y en especial cuando, conforme la luz se apagaba, aunque debería decir que el día perseveraba y los últimos trinos de los pájaros sonaban en el cielo inflamado desde los árboles añosos, podía llegarme hasta el jardín y disfrutar, casi con un sentimiento de pertenencia que me divertía y halagaba, de la belleza y dignidad del lugar. En tales momentos era un placer el sentirme tranquila y justificada, asimismo saber sin duda que, gracias a mi discreción, mi sentido común y refinada educación, agradaba a la persona —¡quien quizá nunca reparó en ello!— a cuyo requerimiento yo había cedido. Estaba haciendo con seriedad lo que esperaba y me había pedido sin rodeos; y que *pudiese*, después de todo, llevarlo a cabo me reportaba una satisfacción más grande de lo que había pensado. Me atrevo a decir que me imaginé, por decirlo en pocas palabras, como una mujer joven extraordinaria; me conforté en la seguridad de que esto se exteriorizaría. Está claro que tenía que resultar notable para ofrecer una fachada a las cosas fuera de lo común que comenzaron a manifestarse.

Sucedió de repente una tarde en medio de mi hora; se habían llevado a los niños y yo había salido a dar mi paseo. Uno de los pensamientos —ahora ya no me importa anotarlo— que solía entretener durante mis caminatas era el de que sería como una historia encantadora encontrar por sorpresa a alguien. Se aparecería allí donde el camino tuerce y se plantaría frente a mí sonriente y con un gesto de asentimiento. Solo eso pedía, que él lo *supiese*, y el único modo de estar segura de que él estaba al corriente era viéndolo a la dulce luz que desprendería su apuesto rostro. Exactamente eso tenía en mi mente —me refiero al rostro— cuando, en la primera de las ocasiones al finalizar un largo día de junio, me detuve bruscamente al salir de una de las arboledas cerca de la casa. Lo que me detuvo allí —y con un susto mayor que el que cualquier visión podría haberme provocado— fue la sensación de que mi imaginación se había vuelto real por un instante.

¡Allí estaba!, en las alturas, más allá del césped, en lo alto de la torre a la que aquella primera mañana me había llevado Flora. La torre formaba parte de una pareja, una estructura cuadrada, incongruente y almenada, en la que podía distinguirse por alguna razón, aunque yo apenas veía diferencias, la antigua de la moderna. Flanqueaban alas opuestas de la casa y muy probablemente eran extravagancias arquitectónicas, compensadas en cierta medida por el hecho de no desentonar totalmente ni por tener una altura excesiva, remontándose en su pretencioso estilo anticuado al renacimiento romántico que ya por entonces formaba parte del respetable pasado. Las admiraba, fantaseaba con ellas, pues todos podríamos maravillarnos en cierto modo, en especial cuando se alzaban en el crepúsculo, con la grandeza de sus almenas actuales; y sin embargo, no era en semejante altura donde la figura que he mencionado tan a menudo tenía su lugar adecuado.

Recuerdo que en el claro crepúsculo la figura me produjo dos golpes distintos de emoción, que fueron los sustos de mi primera y segunda sorpresa. En la segunda percibí con violencia el error de la primera; el hombre que había visto no era el que había supuesto con precipitación. Me sobrevino de ese modo una confusión en la visión, que hoy no tengo la esperanza de poder describir. Un hombre desconocido en un lugar solitario es un objeto de temor aceptado para una mujer joven educada en ciertos ambientes, y la figura que me miraba no se parecía, unos segundos más me lo corroboraron, a nadie que yo conociese y, sin embargo, se asemejaba a la imagen que había en mi meme. No la había visto en la calle Harley ni en ningún otro lugar. A lo que hay que añadir que el lugar, de la manera más extraña del mundo, por el mero hecho de su aparición, se había vuelto solitario. Al menos a mí, y lo afirmo aquí con una deliberación que nunca he tenido, todo el sentimiento del momento regresa. Era como si, mientras lo asimilaba, y así lo hice, el resto de la escena hubiese quedado paralizada, como muerta. Puedo oír una vez más, mientras escribo, el silencio intenso en el que se apagaron los sonidos de la noche. Los grajos dejaron de graznar en el ciclo dorado y la hora entrañable perdió por un minuto inenarrable su voz. Mas no hubo otro cambio en la naturaleza, a menos que en verdad fuera un cambio lo que vi con extraña agudeza.

El dorado se inmovilizó en el cielo, la claridad en el aire, y el hombre que me miraba desde las almenas destacaba perfilado como un retrato en un marco. Pensé, con rapidez extraordinaria, en cada persona que él podría haber sido y que no era. Estuvimos enfrentados en la distancia el tiempo suficiente como para que me preguntase con seriedad quién era y como para sentir, como consecuencia de mi incapacidad para decir, un asombro que al cabo de unos segundos devino más intenso.

La gran pregunta, o una de ellas, viene a continuación.

Conozco, por lo que a ciertos asuntos se refiere, la duración de estos. Bien, mi asunto, piense lo que le apetezca, duró el tiempo de especular en la docena de posibilidades, ninguna de las cuales suponía una mejora, de haber visto, si hubiese estado en casa —y, sobre todo, ¿durante cuánto tiempo?—, a una persona de la cual ignoraba su presencia. Duró el tiempo en que me entretuve molesta con la idea de cómo mi obligación parecía requerir que no hubiese tal ignorancia ni persona. Duró el tiempo que el visitante, en todo caso —y había algo de extraña libertad, según puedo recordar, en el signo de familiaridad que da el no llevar sombrero—, parecía que me observaba desde su posición, con la única curiosidad, interesado solo en la comprobación a través de la débil luz, de lo que su presencia provocaba. Estábamos demasiado lejos como para llamarnos y, sin embargo, hubo un momento en que, de habernos hallado más cerca, el resultado normal de nuestras miradas cruzadas habría sido el intento por parte de ambos de romper el silencio. Él se hallaba en uno de los ángulos, el más lejano de la casa, muy erguido, lo cual me llamó la atención, y con ambas manos sobre el alféizar. Así lo vi como veo las letras que formo en esta página, y, justo un minuto después, como si lo quisiera añadir al espectáculo, cambió de lugar con parsimonia, y se dirigió, mirándome con fijeza mientras tanto, a la esquina opuesta de la torre. Sí, me resultó turbador que durante el trayecto nunca apartase de mí la mirada y puedo ahora mismo ver la manera en que sus manos, conforme él se alejaba, se movían de una almena a otra. Se paró en la otra esquina pero menos tiempo, e incluso cuando se marchaba no dejó de mirarme con fijeza. Se marchó, dándome la espalda; eso fue todo lo que supe.

IV

No se trata de que no esperase, en esta ocasión, que ocurriera algo más, pues estaba tan conmocionada como convencida de ello. ¿Había un «secreto» en Bly, un misterio de Udolfo[2] o un familiar loco e innombrable a quien se había confinado sin que nadie lo sospechase? No puedo concretar el tiempo que estuve dándole vueltas al asunto, o el tiempo que con una mezcla de curiosidad y miedo permanecí donde había tenido lugar el encuentro; solo recuerdo que, cuando volvía a la casa, la oscuridad se había vuelto total. Entre tanto la agitación se había adueñado de mí y me había alejado, pues debía de haber andado en círculo unas tres millas; y más me asombraría días después, pues este mero anuncio de alarma se iba a convertir en un escalofrío humano. En realidad la parte más singular, y también singular había sido el resto, fue cuando en el recibidor me percaté de la presencia de la señora Grose. Regresa a mí esta escena como parte de la sucesión de imágenes y de la impresión que a mi vuelta tuve del amplio espacio blanco panelado, bien iluminado por la lámpara, con sus retratos y alfombra roja, y de la mirada sorprendida de mi buena amiga, que inmediatamente me dio a entender que me había echado en falta. En seguida comprendí a su lado, con su cordialidad llana (solo era mera ansiedad aliviada por mi aparición), que nada sabía de lo que podía esconder el incidente que guardaba para ella. No había sospechado con anterioridad que sus facciones agradables me detendrían y de algún modo comprendí la importancia de lo que había visto cuando me vi reacia a mencionarlo. Casi nada de la historia me parece tan extraño como el hecho de que el verdadero inicio de mi miedo estuviera relacionado, puedo decirlo, con el instinto de ahorrárselo a mi compañera. En ese momento, en consecuencia, en el agradable recibidor y con los ojos puestos en mí, por alguna razón que en su momento no podría haber formado, sentí una revolución interna y repliqué con una excusa débil por mi

---

2   *Los misterios de Udolfo*. Novela de Ann Radcliffe (1764-1822) publicada en 1794. Es una novela gótica, subgénero literario muy popular en aquella época. *Los misterios...* es una variación del motivo de la niña perdida.

tardanza, con la disculpa de la belleza de la noche y del relente y los pies húmedos me fui tan pronto como me fue posible a mi habitación.

Hubo otro aspecto bastante curioso en los días que siguieron. Había horas de un día a otro —al menos había momentos arrancados a las obligaciones establecidas— en que tenía que encerrarme para meditar. No era tanto que estuviese más nerviosa de lo que podía aguantar cuanto que me asustaba enormemente la posibilidad de llegar a estarlo, pues la verdad a la que tenía que darle vueltas era simple y llanamente la verdad a la que no podía llegar bajo ninguna circunstancia acerca del visitante con quien había estado ligada de manera tan inexplicable y aun así, según me parecía, de manera tan íntima. Tardé poco tiempo en ver que podía mencionar, sin que me preguntase o diese pie a comentarios entusiastas, cualquier complicación doméstica. La conmoción que había sufrido debía de haber agudizado todos mis sentidos; estaba segura al cabo de tres días, simplemente por haber prestado una mayor atención, de que los criados no me habían gastado ninguna broma ni había sido objeto de ningún «juego». Fuera lo que fuese, nada se sabía a mi alrededor. Solo hallaba una inferencia con sentido; alguien se había tomado una libertad monstruosa. Eso era lo que repetidas veces me decía encerrada con llave en mi habitación para así estar a mis anchas. Habíamos sido objeto de una intrusión; algún viajero poco escrupuloso, con curiosidad por las casas antiguas, se había acercado sin que nos percatásemos, había disfrutado de la vista desde la mejor posición y se había marchado por donde había llegado. Si me hubiese mirado de forma tan descarada y con tal fijeza formaba parte de su acción. La parte buena, después de todo, era que con total seguridad no volveríamos a verlo.

No era algo tan bueno, lo admito, como para no permitirme afirmar que era mi agradable trabajo lo que en esencia hacía que no me importase mucho. Este era mi vida con Miles y Flora, y en nada me podía gustar tanto que en el sentimiento de que dedicarme a ello era desembarazarme del problema. La atracción de mis pequeños me era una distracción constante y me llevaba a maravillarme de lo infundado de mis iniciales, el gusto que había comenzado a entretener por lo prosaico de mi trabajo. Todo prosaísmo había desaparecido, parecía, junto con el trabajo penoso y así

¿cómo no iba a ser el trabajo agradable ni a presentarse como un encanto diario? Contenía el romanticismo inherente al cuidado de los niños y la poesía de la instrucción. Con ello no quiero decir que solo estudiásemos ficción y verso, sino que no encuentro otra forma de expresar el interés que me inspiraban mis compañeros. ¿Cómo describirlo si no es diciendo que en vez de acostumbrarme a ellos con creciente rutina —¡lo cual es maravilloso para una institutriz!, ¡pongo por testigos a mis compañeras!— continuamente hacía nuevos descubrimientos? Había un punto, con total seguridad, en el que estos se detenían; una profunda oscuridad cubría la región que ocupaba el comportamiento del niño en el colegio. En seguida me fue dado, lo he notado, el enfrentarme a ese misterio sin ningún sobresalto. Quizá incluso estaría más cercano a la verdad decir que, sin una palabra, él mismo lo había resuelto. Había conseguido que la acusación fuese ridícula. Mi conclusión surgió con el arrobo auténtico de su inocencia; era demasiado encantador y delicado para el mundo horrible e impuro del colegio y había pagado el precio por ello. Me di cuenta con agudeza de que la mayoría, y en ella se podía incluir incluso a tutores estúpidos y sórdidos, tiende siempre a la venganza ante tales diferencias individuales y tales cualidades superiores.

Ambos niños eran educados —era su única falta y nunca pillé a Miles en un renuncio— que les hacía —¿cómo expresarlo?— casi impersonales y ciertamente era imposible castigarlos. ¡Eran como esos querubines de la anécdota que no tenían, al menos, desde el punto de vista moral, nada de lo que renegar! Recuerdo sentir con Miles en particular como si no hubiera tenido, y así parecía, nada que se pudiese llamar una pequeña historia. Esperamos que un niño tenga «antecedentes» por muy nimios que sean, pero en este bello muchacho había algo extremadamente sensible, y a la vez extraordinariamente feliz, que, sin haber visto en ninguna otra criatura de su edad, me sorprendía, pues parecía empezar de nuevo cada día. No había llegado a sufrir ni un segundo. Consideré esto como una prueba que negaba el castigo que había recibido. Si hubiese sido malvado, le habrían pegado, y yo lo habría sabido por casualidad, habría encontrado la marca, habría sentido la herida y el deshonor. Nada pude reconstruir y en consecuencia él era un ángel. Nunca habló del colegio, nunca mencionó a un compañero ni un tutor; y yo, por mi parte, estaba demasiado disgustada para aludirlos. Por supuesto estaba bajo su hechizo, y lo más asombroso era que incluso entonces sabía que lo estaba. Pero me abandoné a él; era un antídoto contra cualquier dolor, y por entonces tenía más de uno. Me llegaban de casa en esos días cartas intranquilizadoras, las cosas no marchaban bien. Pero con el gozo de los niños, ¿qué importaba el mundo? Esa era la cuestión que solía aducir en mis escasos momentos de descanso. Estaba maravillada por el bello encanto de los dos.

Hubo un domingo, prosigo, en que llovió con tanta fuerza y durante tantas horas que suspendimos la visita a la iglesia, a consecuencia de lo cual, conforme pasaba el día, había planeado con la señora Grose que, en caso de que la tarde se mostrase algo mejor, iríamos juntas al último servicio. Felizmente la lluvia paró, y me preparé para el paseo que, parque a través y por la aceptable carretera al pueblo, no nos llevaría más de veinte minutos. Al bajar para encontrarme con mi compañera en el recibidor, me acordé del par de guantes, que necesitados de unas puntadas se las había dado con una publicidad quizá nada edificante mientras acompañaba a los niños en el té que los domingos se servía, como una excepción, en el templete fresco y aireado de caoba y metal, el comedor de los «mayores». Había dejado allí los guantes adonde volví para recogerlos. El día estaba encapotado, pero la luz de la tarde temprana aún resplandecía y me sirvió al cruzar el umbral no solo para reconocer en una silla cerca de la ventana entonces cerrada el artículo que buscaba, también para percatarme de una persona situada en el otro lado de la ventana y que miraba al interior. Un paso en la habitación había sido suficiente; mi visión fue instantánea; allí estaba. La persona que miraba al interior era la misma que se me había aparecido previamente. De nuevo se apareció si no con gran nitidez, pues era imposible, sí al menos más cercano, lo que representaba un paso adelante en nuestra relación, que me hizo, cuando lo vi, contener la respiración y sentir frío. Era el mismo, el mismo, y esta vez visto, al igual que la vez anterior, de medio cuerpo tras la ventana, a pesar de que el comedor se hallaba en la planta baja. Tenía la cara pegada al cristal, y aun así, el efecto de esta visión más nítida fue, de manera extraña, el de recordarme la intensidad de la primera.

Permaneció un breve instante, lo suficiente como para convencerme de que también él llegó a verme y a reconocerme; pero era como si lo hubiese estado mirando durante años y lo conociera de siempre. Algo, sin embargo, tuvo lugar esta vez que no había ocurrido antes; su mirada, a través del cristal de la ventana, era intensa y fuerte al igual que entonces, pero la apartó un segundo durante el cual aún podía verlo y ver cómo fijaba su mirada en diversos objetos. En aquel mismo momento tuve la certeza siniestra de que no había venido a por mí. Había venido a por otra persona. La repentina iluminación, pues eso era en medio del miedo, produjo en mí un efecto extraordinario, poniendo en marcha, mientras permanecía allí, un repentino movimiento de deber y coraje. Digo coraje porque con total seguridad cualquier duda se había disipado. Me dirigí a la puerta, salí de la casa, alcancé el camino en un instante y, tras cruzar la terraza lo más rápido que pude, torcí una esquina y la escena quedó completamente a la vista. Pero esta vez no había nada, el visitante había desaparecido. Me detuve; casi pierdo el conocimiento aliviada por ello; pero pensé en la escena en conjunto, y le di tiempo para que reapareciese. Digo tiempo pero ¿cuánto duró? Hoy no puedo asegurarlo. Ese tipo de medida me ha debido de abandonar; no pudo durar lo que a mí me pareció. La terraza y todo el lugar, el césped y el jardín que lo continuaba, todo el parque que alcanzaba mi vista, estaban vacíos. Había arbustos y árboles grandes, pero recuerdo la nítida seguridad que sentí de que ninguno lo escondía. Estaba allí o no; no podía estar si no lograba verlo. Lo entendí, e instintivamente, en vez de regresar por donde había llegado, me dirigí a la ventana.

Con cierta confusión entendí que debía volver al lugar donde él había estado. Así lo hice; acerqué mi rostro al cristal y miré, como él había mirado, al interior de la habitación. En ese momento, como si quisiera mostrarme cuál había sido su campo de actuación, la señora Grose, al igual que yo había hecho por él justo antes, entró desde el recibidor. Obtuve así la imagen exacta repetida de lo que ya había ocurrido. Me vio al igual que yo vi a mi visitante; dio un respingo, al igual que yo; le causé parte del susto que yo había recibido. Empalideció e hizo que yo me preguntara si yo también me había quedado tan pálida. Miró, y en pocas palabras, se volvió tras mis

pasos, y supe que fuera de sí, sin poder soportarlo, se dirigió a mí en busca de calma, y para ello me preparé. Permanecí en mi sitio y mientras la esperaba pensé en más de una cosa. Pero solo hay espacio para una. Me intrigaba por qué tenía que mostrarse *asustada*.

V

En cuanto torció la esquina de la casa y surgió ante mi vista me hizo saber: «Por el amor de Dios, ¿qué *ocurre...*?». Estaba roja y le faltaba el aliento.

No dije nada hasta que no se acercó más. «¿Se refiere a mí?». Debí de poner cara de asombro. «¿Lo doy a entender?».

«Está más blanca que una sábana. Qué mala cara tiene». Reflexioné. Podía aceptar cualquier grado de inocencia. Mi necesidad de respetar la estupenda apariencia de la señora Grose había desaparecido sin hacer ruido y, si titubeé un segundo, no fue por lo que ocultaba. Le tendí la mano, que ella cogió; apreté la suya un poco, contenta de sentirla junto a mí. Había una especie de respaldo en sus tímidos movimientos de sorpresa. «Ha venido a buscarme para que fuésemos a la iglesia, claro, pero no puedo ir».

«¿Ha ocurrido algo?».

«Sí. Debe saberlo ahora. ¿Parecía muy rara?».

«¿Por la ventana? ¡Horrorosa!».

«Bueno», dije, «me he llevado un susto». Los ojos de la señora Grose expresaron con claridad que *ella* no deseaba llevárselo, pero al mismo tiempo que sabía muy bien cuál era su lugar y que estaba dispuesta a compartir conmigo cualquier problema. ¡Bien claro estaba que *tenía* que compartirlo! «Justo lo que usted vio desde el comedor hace un minuto era el efecto de aquello. Lo que *yo* vi, justo antes, era mucho peor».

Su mano se puso rígida. «¿Qué fue?».

«Un hombre extraordinario. Miraba dentro».

«¿Qué hombre extraordinario?».

«No tengo la más mínima idea».

La señora Grose echó un vistazo alrededor en vano.

«Y ¿adónde se ha marchado?».

«También lo desconozco».

«¿Lo había visto antes?».

«Sí, una vez. En la torre vieja».

Me miró aún con más fijeza. «¿Me está diciendo que es un extraño?».

«Totalmente».

«Y, aun así, ¿no me lo comunicó?».

«No, tenía mis razones. Pero ahora que lo ha adivinado…».

Los ojos de la señora Grose se hicieron eco del cargo.

«Bueno, ¡no lo he adivinado!», dijo con sequedad. «¿Cómo voy a hacerlo si *usted* no lo imagina?».

«En absoluto lo hago».

«¿Lo ha visto en otro lugar además de en la *torre*?».

«Aquí, justamente ahora».

La señora Grose volvió a mirar alrededor de nosotras.

«¿Qué hacía en la torre?».

«Estaba allí quieto y me miraba».

Pensó un instante. «¿Era un caballero?».

Me percaté de que yo no necesitaba pensarlo. «No». Su mirada reflejó un asombro aún mayor. «No».

«¿No era nadie del lugar?, ¿nadie del pueblo?».

«Nadie, nadie. No se lo dije, pero estoy segura de ello».

Dejó escapar un suspiro de alivio. Por lo visto era mucho mejor así. La tranquilidad no duró mucho. «Pero si no era un caballero, ¿entonces…?».

«¿Qué es? Algo terrorífico».

«¿Terrorífico?».

«Es… ¡Qué Dios me asista si sé lo que es!».

La señora Grose volvió a mirar en derredor; fijó sus ojos en la penumbra distante y, haciendo acopio de todo su valor, se volvió hacia mí con total inconsecuencia. «Es hora de que vayamos a la iglesia».

«Bueno, no me encuentro con ánimo de ir a la iglesia».

«¿Segura de que no le hará bien?».

«¡No *les* hará bien!». Señalé la casa con la cabeza.

«¿A los niños?».

«No puedo dejarlos en estos momentos».

«¿Tiene miedo de que...?».

Hablé con franqueza. «Tengo miedo de él».

La amplia cara de la señora Grose me mostró ante esto por primera vez el brillo débil y lejano de una conciencia más aguda. De algún modo logré despertar una idea que no le había transmitido y que para mí era aún oscura. Me viene a la memoria que al instante pensé en ello como algo que podía obtener de ella, e intuí que estaba unido al deseo que mostraba de saber más. «¿Cuándo fue, lo de la torre?».

«A mediados de mes. A la misma hora».

«Casi a oscuras», dijo la señora Grose.

«No, casi nada. Lo veía como ahora la veo a usted».

«¿Cómo entró entonces?».

«¿Y cómo salió?», reí. «¡No tuve la oportunidad de preguntárselo! Verá», proseguí, «esta noche no ha podido entrar».

«¿Solo mira?».

«¡Espero que se contente con eso!». Por entonces me había soltado la mano; se alejó un poco. Esperé un momento y añadí: «Vaya a la iglesia. Adiós. He de vigilar».

Con parsimonia volvió a mirarme. «¿Tiene miedo por ellos?».

De nuevo se encontraron nuestras miradas largo tiempo.

«¿*Usted* no?». En lugar de responder se acercó más a la ventana y, durante un minuto, pegó su cara ante el cristal.

«Verá cómo él puede ver», continué mientras tanto. No se movió. «¿Cuánto tiempo estuvo aquí?».

«Hasta que salí. Salí con la intención de encontrarme con él».

La señora Grose se volvió por fin y aún había mayor sorpresa en su rostro. «Yo no podría haber salido».

«¡Ni yo!». Reí una vez más. «Pero lo hice. Conozco mis obligaciones».

«También yo las mías», replicó, tras lo cual añadió: «¿Cómo es?».

«Qué ganas tenía de contárselo. Pero no se parece a nadie».

«¿A nadie?», repitió.

«No lleva sombrero». Percatándome por su rostro de que encontraba, algo consternada, un toque de pintoresquismo, añadí con presteza poco a poco: «Es pelirrojo, muy pelirrojo, con muchos rizos, la cara es pálida, alargada, de buenas facciones y unas patillas algo peculiares, pelirrojas como el cabello. Las cejas son algo más oscuras; muy arqueadas y como si se moviesen mucho. La mirada es aguda, extraña, terrible; pero con certeza solo puedo decir que sus ojos son pequeños y que miran con mucha fijeza. De boca grande, los labios son finos, y si se exceptúan las patillas, está completamente afeitado. Da la impresión de ser un actor».

«¡Un actor!». Era imposible que nadie se pareciese menos a un actor que la señora Grose en ese momento.

«Nunca he visto a ninguno, pero lo imagino así. Alto, enérgico, erguido», continué, «pero jamás, ¡jamás!, un caballero».

La cara de mi compañera palidecía según yo hablaba; sus ojos mostraban sorpresa y boqueaba. «¿Un caballero?», gritó sofocada, confundida, estupefacta: «¿Un caballero?, ¿él?».

«Así pues, ¿lo conoce?».

Me di cuenta del intento por contenerse. «¿Pero *es* apuesto?».

Vi el modo de ayudarla. «¡Muchísimo!».

«¿Y cómo viste...?».

«Con las ropas de otra persona. Le sientan bien, pero no son suyas».

Dejó escapar un rezongo afirmativo y sin fuerza. «Son las del señor».

La pillé. «¿Lo conoce?».

Tembló un segundo. «¡Quint!», gritó.

«¿Quint?».

«Peter Quint, ¡su criado, su ayuda de cámara cuando estaba aquí!».

«¿Cuando el señor venía?».

Boquiabierta aún pero mirándome, ató los cabos. «Nunca se puso su sombrero, aunque llevaba... Bueno, ¡echó en falta unos chalecos! Ambos estuvieron aquí el año pasado. Luego el señor se marchó y Quint se quedó solo».

La seguía, aunque la detuve en un punto. «¿Solo?».

«Solo con nosotras», prosiguió con una voz que daba la impresión de provenir de un lugar aún más profundo, «al cargo de todo», añadió.

«¿Qué fue de él?».

Tardó tanto en responder que me dejó aún más perpleja.

«También se marchó», dijo por fin.

«¿Se marchó, adónde?».

Su expresión se volvió indescriptible con esto. «¡Dios sabe dónde! Murió».

«¿Murió?», casi respondo con un alarido. Pareció ponerse recta, afirmarse más en el suelo para así expresar lo inusitado del asunto. «Sí. El señor Quint está muerto».

VI

Como es natural nos llevó más tiempo del usual el acostumbrarnos las dos a convivir como mejor pudiéramos en presencia de lo que teníamos; mi espantosa tendencia a las impresiones de tal orden demostradas de una forma tan vívida, y el conocimiento que mi compañera tuvo a partir de entonces —un conocimiento mitad consternación mitad compasión— de dicha tendencia. Esa tarde, después de la revelación que me dejó postrada una hora, ninguna de las dos fuimos a los oficios, ocupadas en llantos y juramentos, preces y promesas, el clímax de una serie de retos y promesas mutuas que habían venido a continuación sin pausa al dirigirnos a la clase y encerrarnos allí para discutirlo. El resultado fue la reducción de nuestra situación al último de sus elementos. Por su parte ella no había visto nada, ni la sombra de una sombra, y en la casa solo la institutriz se hallaba en tan difícil situación; aun así, aceptó la verdad tal como yo se la relaté, sin hacer mención a mi posible falta de cordura, y terminó por mostrarme un cariño sobrecogedor, una deferencia por mí más que cuestionable privilegio, cuyo aliento había retenido junto a mí como lo más dulce de la caridad humana.

Lo que entre las dos decidimos esa noche fue que nos parecía que las dos juntas podíamos sobrellevar el asunto; y ni siquiera estoy segura de que a pesar de su privilegio no era ella la que soportaba la mayor carga. Supe entonces, creo, al igual que lo supe más tarde, que yo era capaz de dar cobijo a mis pupilos, pero me costó tiempo el tener la total seguridad de que mi honrada compañera estaba preparada para acompañarme en tan dura

tarea. Yo era con total certeza una compañía extraña, tanto como la que recibía; pero conforme rememoro lo que pasamos veo el terreno común que debimos encontrar en la sola idea que, por fortuna, nos *podía* calmar. Era la idea, el segundo movimiento, la que me sacó directamente, podría decirse, de la cámara interior de mi miedo. Podía tomar el aire en el patio, donde al menos la señora Grose podía unirse a mí. Puedo recordar con total claridad el modo peculiar en que la fuerza me vino antes de que nos separásemos esa noche. Habíamos repasado una y otra vez cada detalle de lo que yo había visto.

«Buscaba a otra persona», dice, «¿alguien que no fuese usted?».

«Buscaba al joven Miles». Una claridad portentosa se apoderó de mí en ese momento. «Era a él a quien buscaba».

«¿Cómo lo sabe?».

«¡Lo sé, lo sé, lo sé!». Mi exaltación creció. «¡Y *usted* lo sabe, querida!».

No lo negó, aunque sentí que no necesitaba siquiera que me lo contara. Reanudó el tema al instante. «¿Qué ocurrirá si *lo* ve?».

«¿El pequeño Miles? ¡Es precisamente lo que quiere!». De nuevo se mostró muy asustada.

«¿El niño?».

«¡Por Dios santo! El hombre. Quiere aparecerse ante *ellos*». Era una idea horrible el que pudiera hacerlo, y a pesar de todo pude mantenerla a raya; lo cual, he de añadir, mientras estábamos allí, pude demostrar con éxito. Tenía la certeza absoluta de que volvería a verlo pero algo dentro de mí me decía que si tenía la valentía de ofrecerme como el único objeto de la experiencia, si lo aceptaba, si lo pedía, si lo superaba todo, serviría de víctima propiciatoria y mantendría tranquilo al resto de los habitantes de la casa. En especial debía resguardar a los niños para salvarlos. Recuerdo una de las últimas cosas que dije a la señora Grose.

«Me resulta chocante que mis pupilos nunca hayan mencionado…».

Me miró con severidad mientras yo me callaba. «¿El que hubiese estado aquí y el tiempo que pasaron con él?».

«El tiempo que estuvieron con él, y su nombre, su presencia, su historia en cualquier caso. Nunca han dicho nada».

«Bueno, la señorita no lo recuerda. Nunca lo supo ni tuvo noticia de eso».

«¿De las circunstancias de su muerte?», pensé con cierta intensidad. «Quizá no; pero Miles debería recordarlo, Miles debería saberlo».

«¡Ni lo intente!», cortó la señora Grose.

Le devolví la mirada que me había lanzado. «No tenga miedo», continué pensando. «Es muy extraño».

«¿Que nunca se lo haya mencionado?».

«Ni la más mínima referencia. A pesar de que me dice que fueron *grandes amigos*».

«¡Bueno, no fue él!», admitió con énfasis la señora Grose. «Fue la imaginación de Quint. Me refiero a que jugó con él, lo maleó». Hizo una pausa, y añadió: «Quint era muy libre».

La contemplación directa de su rostro —¡y *menudo* rostro!— me produjo un golpe repentino de asco. «¿Demasiado libre con *mi* niño?».

«¡Demasiado libre con cualquiera!».

Me abstuve por el momento de analizar este comentario más allá de la reflexión que en parte se aplicaba a varios miembros de la casa, a la media docena de criadas y criados que aún formaban parte de nuestra pequeña colonia. Pero todo residía —era nuestro temor— en el hecho feliz de que no había leyenda desagradable, ni molestias al servicio de cocina en el recuerdo de nadie que se relacionase con el lugar. Ni tenía mala fama ni mal nombre, y la señora Grose, al menos en apariencia, solo deseaba estar unida a mí para temblar en silencio. Incluso llegué a someterla a una prueba, la última de todas. Fue cuando, a medianoche, su mano sostenía la puerta de la clase y se disponía a marcharse. «¿Me *confirma* entonces, pues es de gran importancia, que era en verdad y de manera clara muy malo?».

«No de manera clara. *Yo* lo sabía, pero no así el señor».

«¿Nunca se lo contó?».

«Bueno, no le gustaba que le fuesen con cuentos, le desagradaban las quejas. No tenía paciencia con nada de ese estilo, y si la gente se portaba bien...».

«¿No se preocupaba de más?». Esto encajaba de maravilla con la impresión que de él tenía. No era un caballero al que los problemas le gustasen, ni

era tan melindroso con respecto a la gente que lo rodeaba. Aun así, presioné a mi informadora. «¡Le aseguro que yo lo habría contado!».

Se percató de mi distinción. «Me atrevo a decir que me equivoqué. Pero fue por el miedo que tenía».

«¿Miedo de qué?».

«De las cosas que aquel hombre podía hacer. Quint era tan inteligente, tan agudo».

Medité esto más de lo que di a entender. «¿No tenía miedo de nada más?, ¿de su influencia...?».

«¿Su influencia?», repitió con cara de angustia y espera al tiempo que yo temblaba.

«Sobre las preciosas e inocentes vidas de los pequeños. Estaban a su cargo».

«¡En modo alguno estaban a mi cargo!», respondió con rotundidad y aflicción. «El señor confiaba en él y lo trajo aquí porque se suponía que no gozaba de buena salud y que el aire del campo le sentaría bien. Así pues, tenía poder de decisión sobre todo. Sí», me dio a entender, «incluso sobre *ellos*».

«¿Ellos, ese ser?». Tuve que mitigar una especie de aullido. «¿Y pudo usted aguantarlo?».

«No, no pude, ¡y tampoco ahora!», y la pobre mujer rompió a llorar.

A partir del día siguiente, ya lo he dicho, los controlé con severidad; aun así, a menudo y con pasión, durante una semana, regresamos al tema. A pesar de lo mucho que ese domingo por la noche lo discutimos, me sentía, en particular las horas que siguieron —pues se puede imaginar lo que dormí—, hechizada por la sombra de algo que no me había contado. Yo no me había guardado nada, pero la señora Grose se había guardado algo. Aún más, estaba segura la mañana siguiente de que no era falta de sinceridad, sino resultado del miedo omnipresente. Tengo la impresión, al hurgar en ello, de que, por el tiempo en que el sol de la mañana se encontraba en lo alto, había logrado leer inquieta en los hechos que se presentaban ante nosotros el significado que les otorgaríamos a partir de acontecimientos posteriores y más crueles. Lo que me preocupaba sobre todo era la figura

siniestra del hombre vivo —¡aún quedaba tiempo para la del muerto!— y de los meses que había pasado en Bly, los cuales, todos juntos, constituían un tiempo formidable. El límite de este tiempo malvado había llegado cuando, en una mañana inverniza, bien temprano, un peón de obrero encontró a Peter Quint muerto en la carretera que llevaba al pueblo; una catástrofe que se explicaba, al menos de manera superficial, por una herida visible en su cabeza; producida con probabilidad —y así resultó en el examen final— por un resbalón mortal en la oscuridad, después de abandonar el bar, en la pendiente helada, un mal camino a decir verdad, al término del cual yacía. La pendiente helada, la dirección equivocada por el licor y la noche, explicaban gran parte, al final y después de la investigación y las conversaciones ilimitadas prácticamente todo; pero había asuntos en su vida, pasajes extraños y peligros, desórdenes secretos, vicios más que sospechados, que habrían explicado mucho más.

Apenas sé cómo pasar mi historia a palabras que reflejen de manera creíble mi estado mental; pero en esos días fui capaz literalmente de encontrar satisfacción en el extraordinario rapto de heroísmo que la ocasión demandaba de mí. Me di cuenta de que me habían llamado para una misión admirable y difícil; y que había grandeza en dejar que se viese que —¡en el puesto adecuado!— podía salir victoriosa allí donde otras muchachas habían fracasado. Me fue de gran ayuda —¡confieso que me felicito al mirar hacia atrás!— que viese mi reacción de manera tan fuerte y simple. Estaba allí para proteger y defender a las criaturitas, las más afligidas y encantadoras del mundo, la expresión de cuya indefensión de repente se había vuelto demasiado explícita, un dolor constante y profundo de los sentimientos que a ellos nos unían. Estábamos aislados, unidos por el peligro. Solo me tenían a mí y yo, bueno, yo los tenía a *ellos*. En pocas palabras era una ocasión magnífica. Esta se me presentó con una imagen material. Yo era una pantalla, tenía que ponerme delante de ellos. Cuanto más viese, menos verían ellos. Comencé a vigilarlos con una incertidumbre sofocada, una tensión disfrazada, que bien podía, de haber continuado más, haberse convertido en algo parecido a la locura. Lo que me salvó, ahora lo veo, fue el que se convirtiese en otro asunto. No duró la

incertidumbre, la superaron pruebas terribles. Pruebas, sí, desde el momento en que me hice cargo.

Este momento se remonta a una tarde que por casualidad pasé en el campo a solas con la más joven de mis pupilos. Habíamos dejado a Miles en casa, en el cojín rojo del alféizar; quería acabar un libro, y me dio alegría el fomentar un propósito tan laudable en un joven cuyo único defecto era cierta inquietud ingenua. Su hermana, por el contrario, se había cuidado de prepararse para salir y paseamos media hora en busca de la sombra, pues el sol aún lucía en lo alto y el día era excepcionalmente cálido. Me percataba con claridad, mientras marchábamos juntas, de cómo, al igual que su hermano, se las ingenió —era lo encantador en ambos niños— para dejarme a solas sin que diese la impresión de que me abandonaba y para acompañarme sin que diese la impresión de que agobiaba. Nunca importunaban ni tampoco eran indiferentes. Mi tarea se reducía a verlos divertirse muchísimo sin mí. Era un espectáculo que parecían preparar con ganas y en el que me tenían como admiradora; me paseaba por un mundo inventado por ellos, no tenían nunca oportunidad de inspirarse en el mío; y así mi tiempo se ocupaba nada más que en ser para ellos una persona extraordinaria o algo que el juego del momento requería y que era simplemente, gracias a mi impronta superior y exaltada, una sinecura feliz y altamente distinguida. Olvido lo que era en aquella ocasión; solo me acuerdo de que era algo muy importante y muy discreto y que Flora jugaba muy entusiasmada. Estábamos a la orilla del lago y, como hacía poco que habíamos comenzado las clases de geografía, el lago era el mar de Azov[3].

Repentinamente, en medio de estos elementos, me di cuenta de que en la otra orilla del mar Azov teníamos un espectador interesado en nosotras. El modo en que me percaté fue la cosa más extraña del mundo, la más extraña, bien es verdad, si se exceptúa la que fue mucho más extraña cuando todo apareció transformado. Me hallaba sentada ocupada en una labor, pues se me permitía sentarme en el viejo banco de piedra que daba a la laguna; en esta posición empecé a percibir con claridad, pero sin llegar a verla,

---

3   Mar interior o gran golfo que forma la prolongación del mar Negro con la costa de Rusia al noreste de la península de Crimea. Tiene una extensión de 38 000 km².

la presencia, bien alejada, de una tercera persona. Los árboles añosos, los espesos matorrales, conformaban una sombra grande y agradable, ahogada aun así por el fulgor de la hora calurosa. No había ambigüedad en nada; en nada, al menos en la convicción que poco a poco fui formando con relación a lo que iba a ver frente a mí en el otro extremo del lago si alzaba la vista. Estaba absorta en ese instante en la costura que me traía entre manos, y puedo sentir una vez más la agitación y el esfuerzo para no apartar los ojos hasta que me hubiese tranquilizado lo suficiente como para decidir qué iba a hacer. Podía ver un objeto extraño, una figura cuyo derecho a estar presente puse en duda al instante y con pasión. Evoco a la perfección el recuento de las posibilidades, recordándome a mí misma que nada había más natural por ejemplo que la aparición de uno de los hombres del lugar, o incluso de un mensajero, un cartero o el chico de los recados del pueblo. Ese recordatorio apenas tuvo efecto en la certeza indudable, de la que era consciente, aun sin mirar, de que tenía el carácter y porte de nuestro visitante. Nada era más natural que estas cosas fuesen otras que en modo alguno eran.

De la identidad auténtica de la aparición me iba a asegurar en cuanto el pequeño reloj de mi coraje señalara el segundo adecuado; mientras tanto, con un esfuerzo de por sí grande, llevé la vista a la pequeña Flora, quien en ese momento estaba a unas diez yardas de distancia. El corazón se me había parado un instante con el asombro y el terror ante la duda de si también ella lo vería; y contuve la respiración mientras esperaba que un grito suyo, un signo inocente repentino de interés o de alarma me lo confirmase. Esperé, pero no ocurrió nada; luego —y siento que hay en ello algo más espantoso que en todo lo que he de contar— me percaté de que en el minuto previo todo ruido que procedía de ella había desaparecido; y al instante también que en ese segundo se había vuelto, mientras jugaba, hacia el agua. Tal era su posición cuando por fin la miré con la convicción confirmada de que aún estábamos juntas bajo la mirada directa del hombre. Había recogido un trozo de madera que tenía por casualidad un agujero, lo que le había sugerido la idea de introducir otro pedazo que sirviera de mástil y convertirlo así en un barco. Este segundo pedazo, pude verla, intentaba con perseverancia y esfuerzo fijarlo en su sitio. Entender lo que ella estaba haciendo me

fortaleció de tal modo que a los pocos segundos sentí que estaba dispuesta a hacer algo más. De nuevo moví la vista para encarar a lo que tenía que enfrentarme.

VII

Después de lo sucedido, en cuanto pude, agarré a la señora Grose sin que pueda dar cuenta de manera inteligible de cómo logré pasar el intervalo. Aún me oigo llorar al echarme en sus brazos. «¡Lo *sabe*n; es tan monstruoso; lo saben, lo saben!».

«¿Qué saben...?». Noté su incredulidad mientras me agarraba.

«¡Qué! Todo lo que *nosotras* sabemos, y Dios sabe qué más». Se lo aclaré cuando me soltó, se lo aclaré solo entonces con total coherencia incluso para mí misma. «Hace dos horas, en el jardín», apenas podía articular palabra. «¡Flora lo *vio*!».

La señora Grose respondió como si le hubiese propinado un golpe en el estómago. «¿Se lo ha dicho?», preguntó.

«Ni una palabra, eso es lo horroroso. ¡Se lo guardó para sí misma! ¡Una niña de ocho años, *esa* niña!». Aún me resultaba imposible describir la estupefacción que me creó.

La señora Grose por su parte solo podía boquear aún más. «¿Entonces cómo lo sabe?».

«Estaba allí, lo vi con mis propios ojos. Se dio perfecta cuenta».

«¿Cuenta de él?».

«No, de *ella*». Me percaté conforme hablaba de que había visto algo prodigioso, pues alcancé a verlos reflejados con calma en el rostro de mi compañera. «Otra persona, esta vez; una figura que reflejaba sin confusión alguna el horror y la maldad; una mujer vestida de negro, pálida, terrible —con un aire así, y ¡qué aspecto!— al otro lado del lago. Estuve allí con la niña, en silencio las dos, alrededor de una hora, y a mitad llegó ella».

«¿Llegó, de dónde?».

«¡De donde vienen! Simplemente apareció y se plantó allí, aunque no tan cerca».

«¿Y sin acercarse?».

«Bueno, por el efecto y el sentimiento que causó era como si estuviese tan cerca como usted».

Mi amiga, en un impulso extraño, dio un paso atrás.

«¿Era alguien que usted no conoce de nada?».

«De nada. Pero la niña, sí. Alguien que *usted* conoce». Acto seguido, para demostrarle cuánto lo había pensado:

«Mi predecesora, la que murió».

«¿La señorita Jessel?».

«La señorita Jessel. ¿No me cree?», la presioné.

Azorada, se movió a derecha e izquierda. «¿Cómo puede estar segura?».

Esto hizo que en mi estado de nervios saltase un chispazo de impaciencia. «Pregúntele entonces a Flora, ise lo podrá asegurar!». Pero no había dejado de hablar cuando me arrepentí. «No, por el amor de Dios, ino lo *haga*! Le dirá que no lo sabe, le mentirá».

La señora Grose no estaba tan perpleja como para no responder de modo instintivo. «Pero ¿cómo *puede*?».

«Porque estoy segura. Flora no quiere que lo sepa».

«Solo para no herirla a usted».

«No, no, hay profundidades, iprofundidades! Cuanto más pienso en ello, más lo veo, y cuanto más veo, más miedo tengo. No sé lo que *no* veo, lo que *no* temo».

La señora Grose intentaba seguir mi razonamiento. «¿Me está diciendo que tiene miedo de volver a verla?».

«No, no es eso, por ahora». Le expliqué. «Sino de *no* verla».

Mi compañera me miró pálida. «No la entiendo».

«Bueno, se trata de que la niña pueda seguir haciéndolo, lo cual *hará*, sin ningún género de dudas, sin que yo lo sepa».

Ante la imagen de tal posibilidad la señora Grose se derrumbó momentáneamente, pero en seguida se recuperó, como cogiendo fuerzas de la idea de lo que vendría si retrocedíamos lo más mínimo. «Querida, querida, debemos mantener la sangre fría. Después de todo, isi a ella no le importa!». Incluso dijo un chiste sombrío. «iPuede que le guste!».

«¡Gustarle *tales* cosas a una mocosa!».

«¿No es eso prueba de su bendita inocencia?», preguntó con valentía mi compañera.

Por un instante casi me convenció. «Bien, debemos agarrarnos a eso, tenemos que hacerlo. Si no es una prueba de lo que usted dice, ¡es una prueba de Dios sabe qué! Pues la mujer es el horror más grande».

Ante esto, la señora Grose fijó la vista en el suelo durante un segundo; luego, al levantarla, dijo: «Dígame cómo lo sabe».

«¿Admite pues que era ella?», le espeté.

«Dígame cómo lo sabe», repitió simplemente mi amiga.

«¿Saber? ¡Viéndola! Por el modo en que miraba».

«¿A usted, quiere decir?, ¿con tanta maldad?».

«Querida, no. Eso podría haberlo soportado. Nunca me lanzó una mirada. Solo se fijó en la niña».

La señora Grose trató de imaginárselo. «¿Fijarse en ella?».

«¡Y con una mirada espantosa!».

Me miró a mí, como si mi mirada pudiera parecerse a la suya. «¿Quiere decir de desagrado?».

«Por Dios, no. De algo mucho peor».

«¿Peor que el desagrado?». Esto, sin duda, la dejó perpleja.

«Con determinación, algo indescriptible. Con furiosa intención».

Palideció ante mi respuesta. «¿Intención?».

«De apoderarse de ella». La señora Grose, sus ojos mirando quietos los míos, sintió un escalofrío y se dirigió a la ventana; y mientras estaba allí mirando afuera acabé mi afirmación. «Eso es lo que Flora sabe».

Después de un pequeño rato, se volvió. «¿La persona vestía de negro, me dijo?».

«De luto, muy pobremente, la ropa raída. Aun así, de una belleza extraordinaria». Reconocí ahora lo que, por fin, paso tras paso, había conseguido de la víctima de mis confidencias, pues lo sopesó con cuidado. «Muy hermosa, mucho a decir verdad», insistí, «maravillosamente hermosa. Pero odiosa».

Volvió a acercarse a mí. «La señorita Jessel era odiosamente célebre». De nuevo me agarró la mano, sosteniéndola con fuerza como si quisiera

infundirme valor contra el miedo que podía salir de esta revelación. «Ambos lo eran», dijo finalmente.

Durante un rato lo encaramos juntas; y me di cuenta de la ayuda que suponía el verlo ahora de manera tan clara.

«Aprecio», dije, «su gran discreción al no haber hablado hasta ahora, pero ha llegado el momento de que me cuente todo». Pareció asentir a esto, pero solo en silencio; ante lo cual proseguí: «Debo saberlo ahora. ¿De qué murió? Venga, había algo entre ellos».

«Todo».

«¿A pesar de la diferencia...?».

«Y de su rango y condición», admitió con tristeza. «Ella era una señora».

Lo pensé durante un rato y volví a percatarme. «Sí, era una señora».

«Él era tan vulgar», dijo la señora Grose.

Me di cuenta de que no necesitaba ejercer presión sobre el lugar de un criado en el escalafón; pero no había nada que previniese una aceptación de la escala de valores de mi compañera en la degradación de mi predecesora. Había una forma de tratar eso y así lo hice; y con mayor rapidez al tener una visión de conjunto, basada en evidencias, del difunto hombre «propio» apuesto que había contratado el señor; insolente, seguro de sí mismo, malcriado, depravado. «El tipo era un canalla».

La señora Grose meditó como si quizá fuese en cierta medida un caso lleno de matices. «No he visto a nadie como él. Hacía lo que quería».

«¿Con *ella*?».

«Con todos».

Ahora parecía como si en los mismos ojos de mi amiga la señorita Jessel hubiese vuelto a hacer su aparición. Aun así, tracé durante un instante su recuerdo con tanta nitidez como la había visto en la laguna; dije con decisión: «Debía de ser también lo que *ella* quería».

La cara de la señora Grose dio a entender que así había sido sin duda alguna, pero a la vez añadió: «Pobre mujer, pagó por ello».

«Así pues, ¿sabe de qué murió?», le pregunté.

«No, no sé nada. No quise saberlo; me alegro de haber actuado así y doy gracias al cielo por que se encontrara muy lejos de aquí».

«Entonces usted tiene una cierta idea...».

«¿De sus verdaderas razones para dejarnos? Sí, de eso sí. No podía seguir. Imagínesela aquí, de institutriz. Lo imaginé y aún lo hago. Y lo que imagino es espantoso».

«No tan espantoso como lo *mío*, le repliqué, ante lo cual debo haberle mostrado, consciente como era, un aspecto miserable de derrota. De nuevo atraje su compasión y ante el renovado toque de cariño mi poder para resistir desapareció. Comencé a llorar, al igual que la vez anterior había hecho ella; me acogió en su pecho maternal, donde mi lamento se desbordó. «¡No lo hago!», sollocé desesperada, «¡no los salvo ni los protejo! Es peor de lo que pude soñar. ¡Están perdidos!».

VIII

Lo que había contado a la señora Grose era del todo verdad; había en el asunto que le había expuesto profundidades y posibilidades para las que carecía de coraje para resolverlas; así que, cuando volvimos a encontrarnos ante el asombroso asunto, compartíamos un terreno común acerca del deber de resistir ante las imaginaciones extravagantes. Debíamos conservar el sentido común aunque fuera lo último que conserváramos y era de verdad difícil ante todo lo que, a la luz de nuestra experiencia, parecía imposible que pusiésemos en duda. Entrada ya la noche, mientras la casa dormía, mantuvimos otra conversación en mi habitación, en la que aceptó sin sombra de duda que yo había visto lo que había visto. Me di cuenta de que para mantenerla totalmente cogida con esto no tenía más que preguntarle cómo, si lo «había inventado», fui capaz de dar, de cada una de las personas que se aparecieron ante mí, un retrato que dejaba a la luz sus rasgos más personales hasta en el más nimio detalle, retrato que nada más mostrarlo ella había reconocido y había identificado. Deseaba, por supuesto —¡y esto es una mínima falla en ella!—, olvidar el asunto, y tuve que andar presta para asegurarle que mi propio interés en ello había tomado la forma de una búsqueda del modo de escapar de ello. Acabamos la conversación cordialmente al dar a entender la posibilidad de que con la repetición —pues la repetición la dábamos por sentada— me acostumbraría al peligro, admitiendo sin ambages que mi exposición personal se había convertido en la menor de mis molestias. Era mi nueva sospecha la que resultaba intolerable; incluso las últimas horas del día habían traído algo de tranquilidad a tal complicación.

Al dejarla, después de mi primera crisis, había regresado con mis pupilos, asociando el remedio adecuado a mi flaqueza con el encanto de estos, que había reconocido como un recurso que, sin duda, podía utilizar y que hasta el momento no me había fallado. En otras palabras, simplemente me había sumergido de nuevas en el mundo especial de Flora. Y allí me había dado cuenta —¡como si fuese un lujo!— de que ella podía poner su manita consciente justo en el lugar que dolía. Me había mirado con dulzura para a renglón seguido echarme en cara el haber «llorado». Supuse que las huellas desagradables del asunto desaparecieron; aun así, yo podía, tal como digo —en aquel momento, desde luego—, alegrarme bajo la incomprensible tranquilidad de que no hubiesen desaparecido. Avistar en el azul profundo de los ojos de la niña y afirmar que su belleza era un astuto truco prematuro podía constituir un ejercicio de cinismo ante el cual preferí naturalmente abjurar de mi juicio y, en lo posible, de mi agitación. No podía abjurar simplemente con quererlo pero podía repetirle a la señora Grose —y así hice, una y otra vez, en la alta madrugada— que, con las voces de nuestros amiguitos en el aire y la presión que ejercían en el corazón de una y con la fragancia de sus caras estrechadas contra las mejillas, todo perdía importancia a excepción de la fragilidad y belleza de estos. Fue una pena que, de algún modo, para dar por zanjado el asunto, tuviese también que repetir la enumeración de astucias que, por la tarde junto al lago, me habían maravillado por el dominio que yo misma tenía sobre mí. Era una lástima que estuviera obligada a investigar de nuevo la certeza del momento en sí y repetir cómo me había llegado como si fuera una revelación que la comunión inconcebible que entonces había sorprendido era para ambas partes algo habitual. Era una pena que hubiera tenido que repetir temblando las razones por no haber, en mi engaño, puesto en tela de juicio que la niña veía al visitante del mismo modo como yo entonces veía a la señora Grose, y que ella quería, por lo mismo que llegó a ver tanto, que yo supusiese que

no podía, ¡y al mismo tiempo, sin mostrar nada, llegar a adivinar si yo era capaz! Era una lástima que necesitara recapitular las pequeñas actividades prodigiosas con las que buscó desviar mi atención, el incremento perceptible de movimiento, la mayor intensidad de juego, el canto, el farfulleo de frases sin sentido y la invitación a jugar.

Pero si no hubiese caído en la autocompasión para probar que nada había en ello, en el repaso habría echado en falta los dos o tres elementos tenues de consuelo que aún no me habían abandonado. Por ejemplo, no habría sido capaz de asegurar a mi amiga que estaba segura —lo cual era tanto mejor— de que al menos no *me* había traicionado a mí misma. No habría sentido el impulso, acuciada por la necesidad, de la desesperación mental —no puedo llamarla de otro modo— de pedir más ayuda a la inteligencia de la que podía surgir del hecho de poner a mi colega entre la espada y la pared. Me había relatado, poco a poco y bajo presión, mucho, pero un mínimo punto sospechoso en el lugar incorrecto a veces rozaba mi frente como el ala de un murciélago; y recuerdo cómo en esta ocasión —pues la casa en sueños y la similar unión de nuestro peligro y vigilancia parecían ayudar— sentí la importancia de dar el último tirón a la cortina. «No puedo creer algo tan horrible», me recuerdo diciendo; «no, dejemos sentado de una vez por todas, cariño, que no puedo. Y aunque pudiera, ¿sabe?, hay una cosa que le pediría ahora, sin tener que molestarla más, ni lo más mínimo, ¡por favor! ¿Qué tenía en mente cuando, en nuestra aflicción, antes de que Miles regresase, ante la carta del colegio, dijo, al insistirle yo, que usted nunca había dicho que *nunca* había sido en sentido estricto «malo»? No lo ha sido literalmente en estas semanas que he convivido con él y lo he estado vigilando con atención; ha sido un ejemplo continuado de bondad, encantador y entrañable. Así pues, podría perfectamente haberlo mantenido si no hubiera visto, como así fue, una excepción. ¿A qué excepción que observó personalmente se refiere?».

Era una pregunta terriblemente seca pero la levedad no era nuestra característica, y de cualquier modo antes de que el amanecer nos pidiera que nos separásemos yo tenía mi respuesta. Lo que mi amiga tenía en mente resultó ser de provecho para nuestro propósito. Era ni más ni menos que el hecho de

que por un período de tiempo de varios meses Quint y el niño habían estado juntos a todas horas. Era en realidad la verdad más ajustada cuyo decoro se había atrevido a criticar, dando a entender la inconveniencia de una alianza tan íntima, e incluso había llegado tan lejos en el tema como para sincerarse con la señorita Jessel. La señorita Jessel le había pedido, de una forma harto singular, que se ocupase de sus asuntos, y la buena mujer se había dirigido a partir de esto directamente al joven Miles. Lo que le dijo, pues la presioné, fue que *le* gustaría ver que el joven caballero no olvidaba su lugar.

Volví a presionarla, por supuesto, en esto. «¿Le recordó que Quint era solo un humilde criado?».

«¡Usted lo ha dicho! Y su respuesta fue, en cierto modo, mala».

«¿Y además de eso?», esperé. «¿Le comunicó sus palabras a Quint?».

«No, no llegó a tanto. Es justo lo que nunca *habría* hecho». Aún podía causarme admiración. «De cualquier modo, sabía que no lo haría», añadió. «Pero ciertas ocasiones las negó».

«¿Qué ocasiones?».

«Cuando pasaban tanto tiempo juntos que Quint parecía su tutor —uno en verdad muy importante— y la señorita Jessel lo era solo de la joven señorita. Cuando salía con el tipo, quiero decir, que pasaban juntos sus horas libres».

«Entonces mentía. ¿Decía que no habían estado juntos?». Su afirmación era lo suficientemente clara como para que al instante yo añadiese: «Ya veo. Mintió».

«¡Bueno!», rezongó la señora Grose. Esto era una indicación de que carecía de importancia; lo cual mantuvo con otro comentario. «Verá, después de todo, a la señorita Jessel no le importaba. No se lo prohibió».

Reflexioné. «¿Lo adujo como excusa?».

Ante lo cual se abatió de nuevo. «No, nunca habló de ello».

«¿Nunca los mencionó juntos?».

Vio, mientras enrojecía visiblemente, adonde quería llegar. «Bueno, nunca demostró nada. Lo negaba», repitió, «lo negaba».

¡Señor, cómo la presioné entonces! «¿Así que usted se daba cuenta de que él sabía lo que había entre los dos granujas?».

«¡No lo sé, no lo sé!», se quejó la pobre mujer.

«Lo sabe, cariño», repliqué, «solo que no tiene mi terrible valor y se queda en la retaguardia, con la excusa de la timidez y la modestia y la delicadeza, incluso ante la impresión de que en el pasado cuando usted, sin mi ayuda, tuvo que avanzar luchando en silencio, todo eso la sumió en el abatimiento. ¡Pero se lo sacaré a pesar de todo! Había algo en el niño que a usted le dio la idea», continué, «de que encubría y ocultaba la relación de aquellos dos».

«Bueno, no podía evitarlo».

«¿El que usted se enterara de la verdad?, ¡si puedo decirlo! Pero santo cielo», caí con vehemencia en la cuenta, «esto demuestra hasta ese extremo lo que consiguieron hacer de él».

«¡Nada que *ahora* no esté bien!», rogó lúgubremente la señora Grose.

«¡No me sorprende que pareciese extrañada», insistí, «cuando le mencioné la carta del colegio!».

«¡No sé si tan extrañada como usted!», replicó con un vigor conocido. «Y si entonces era tan malo como suponemos, ¿cómo es que ahora es un ángel?».

«Sí, es cierto, ¡y que en el colegio fuera un diablo!

¿Cómo es posible, cómo, cómo? Bueno», dije en medio de mi angustia, «debe explicármelo una vez más, pero yo no podré decirle nada en unos días. ¡Cuéntemelo solo una vez más!», grité de tal modo que mi amiga me miró fijamente. «Hay direcciones por las que hoy por hoy no puedo permitirme ir». Mientras tanto regresé a su primer ejemplo, al que se había referido hacía nada, el de la feliz capacidad del niño para un desliz ocasional. «Si Quint —en la crítica del tiempo del que me habla— era una persona de baja estofa, adivino entonces que una de las cosas que Miles le dijo es que usted era otra». De nuevo su aceptación fue más que suficiente y proseguí: «¿Y le perdonó usted eso?».

«¿No lo habría hecho *usted*?».

«¡Sí, claro!», e intercambiamos, en el silencio, unas risas de lo más absurdas. Luego, proseguí: «De todos modos, mientras estuvo con el hombre...».

«La señorita Flora estaba con la mujer. ¡Así convenía a todos!».

También a mí me venía bien, me di cuenta, solo que demasiado bien, con lo cual quiero decir que se ajustaba a la perfección con la visión horrible que tuve en el mismo momento en que me prohibí tenerla. Pero salí con éxito al comprobar la expresión de esta visión sobre la que, en estos momentos, no arrojaré más luz de la que pueda ofrecer la mención de mi último comentario a la señora Grose. «El que mintiera y fuese insolente son, se lo confieso, muestras menos atractivas de lo que había esperado oír de usted en relación con el despertar del joven que hay en él. Aun así», musité, «deben servir, pues tengo la sensación ahora más que nunca de que debo vigilar».

Hizo que yo enrojeciera al minuto siguiente al ver en la cara de mi amiga cómo le había costado a ella menos perdonarle de lo que me sorprendió a mí la anécdota al presentárseme la ocasión para ser benevolente. Esto se notó cuando, a la puerta de la clase, me dejaba. «¿Ciertamente, usted no lo está *acusando*...?».

«¿De mantener una relación que me oculta? Recuerde que, hasta que no haya más pruebas, no acuso a nadie». Luego, antes de cerrarle la puerta para que por otro pasillo llegara a su lugar, concluí: «No tengo más que esperar».

IX

Esperé y esperé mientras los días se llevaban parte de mi consternación. Unos pocos en realidad a la vista constante de mis pupilos sin incidentes nuevos fueron suficientes como para dar a las dolorosas fantasías e incluso a los recuerdos odiosos algo parecido a un lavado de cara. He hablado de mi entrega a la extraordinaria gracia infantil como algo que yo fomentaba y cualquiera puede imaginar que en este asumo no me negaría a llevarlo a cabo por el bálsamo que pudiera producir. Más extraño aún de lo que pueda expresar, es cierto, era el esfuerzo por luchar contra las nuevas evidencias. Sin duda, la tensión habría sido aún mayor si no hubiese tenido éxito con frecuencia. Tenía la costumbre de preguntarme el modo en que los pequeños que tenía a mi cargo podían evitar adivinar que se me ocurrían extraños pensamientos acerca de ellos, y el hecho de que estos los volvía más interesantes no era en sí misma una buena ayuda para mantenerlos en la ignorancia. Temblaba al pensar que se darían cuenta de que *eran* mucho más interesantes. Poniéndome en lo peor, en cualquier caso, como solía hacer al reflexionar, cualquier ensombrecimiento de su inocencia podía ser —sin que ellos tuviesen culpa y fuesen condenados de antemano— una razón más por la que asumir riesgos. Había momentos en los que me sentía llevada por el impulso irresistible de agarrarlos y apretarlos contra el pecho. Tan pronto como lo había hecho me preguntaba: «¿Qué pensarán? ¿No me descubro demasiado?». Habría sido más fácil enredarse en una especulación salvaje y triste de lo que podía revelar; pero la verdadera historia, estimo, de las horas de tranquilidad de las que aún podía disfrutar era que el encanto palpable de mis compañeros aún me seducía incluso bajo la sombra de la sospecha de que me estuviesen estudiando. Pues si pensé que alguna vez podría despertar sospechas debido a los pequeños brotes de arrebato pasional hacia ellos, asimismo me recuerdo preguntándome si no veía algo extraño en el sensible incremento de sus propias demostraciones.

En aquella época me adoraban de manera extravagante y fuera de lo natural; lo cual, después de todo, pensaba yo, no era más que una respuesta cortés de unos niños de los que todos estaban continuamente pendientes y con los que éramos cariñosos. Su respuesta tan generosa tuvo una influencia beneficiosa sobre mis nervios casi como si nunca tuviese la impresión, puedo decirlo así, de atraparlos a propósito. Nunca habían querido, creo, hacer tantas cosas por su pobre protectora; me refiero —aparte de que cada vez aprendían mejor las lecciones y eso es lo que a ella más le habría agradado— al modo de distraerla, entretenerla, sorprenderla leyéndole pasajes, contándole historias, poniendo en escena sus charadas, arrojándose sobre ella, disfrazados cual animales y personajes históricos y por encima de todo sorprendiéndola con las «piezas» que se habían aprendido de memoria en secreto y que podían recitar sin descanso. Nunca debería llegar al fondo —en caso de que quisiera hacerlo ahora— de la prodigiosa actitud personal, toda ella bajo una finura aún más subjetiva, con el que en aquellos días contaba sus horas. Habían demostrado desde el primer momento facilidad para todo, una facultad general que, en cada nuevo comienzo, logró remontarse

 58

a alturas insospechadas. Se hacían cargo de sus pequeñas tareas como si les gustase; se complacían, por el mero alarde, en los más nimios detalles de la memoria. No solo me asaltaban como si fueran tigres o romanos, también como personajes de Shakespeare, astrónomos y navegantes. Era tan singular el caso que, sin duda, tiene mucho que ver con el hecho que hoy no puedo explicarlo de otra manera. Me refiero a mi serenidad nada habitual en lo que concernía a buscarle a Miles otro colegio. Lo que recuerdo es que estaba satisfecha con no plantear por el momento la cuestión, que la satisfacción salía del sentimiento de su permanente muestra de inteligencia. Era demasiado inteligente para que una mala institutriz, la hija de un párroco, lo malease; y el hilo más extraño si no el más llamativo de la escena que llevaba a dudar que acabo de mencionar era la impresión de que podría haber obtenido la confesión si me hubiera atrevido a perseverar en ella, de que estaba bajo la influencia de algo que actuaba en su pequeña vida intelectual como una incitación tremenda.

Si era fácil pensar, aun así, que un chico tal podría retrasar el colegio, era de cualquier modo tan claro que para un chico así el haber sido «largado» por el director constituía una perplejidad sin fin. Déjeme añadir que en su compañía —y tenía buen cuidado en no dejarlos fuera de mi vista— no podía seguir ningún rastro muy lejos. Vivíamos envueltos en una nube de música y afectos, éxito y representaciones teatrales privadas. El sentido musical de los niños era de lo más agudo, pero el mayor en especial tenía una maravillosa habilidad para el aprendizaje y la repetición. El piano de la clase dejó escapar toda suerte de fantasías horripilantes y cuando falló hubo confabulaciones en las esquinas, con la secuela de uno de ellos subiendo a los cielos con el fin de «regresar» como nuevo. Yo también tenía hermanos y no me era ajeno que las niñas pueden sentir ciega devoción por sus hermanos. Lo que sobrepasaba toda medida era que hubiese un niño en el mundo que pudiera tener una consideración tan delicada por los que eran inferiores en edad, sexo e inteligencia. Estaban maravillosamente unidos y decir que nunca se peleaban o se quejaban es convertir en tosco el elogio de su dulzura. A veces, es verdad —cuando caía en el desabrimiento—, quizá me daba cuenta de pequeños sobreentendidos entre ellos con los cuales

 59

uno me mantendría entretenida mientras el otro se escapaba. Hay un lado ingenuo, me imagino, en toda diplomacia; pero si mis pupilos la practicaban conmigo era sin duda con el mínimo de grosería. Todo estalló, tras una tregua, en el otro bando.

Siento que evito cosas, pero he de llevar a cabo la horrible inmersión. Al seguir con la narración de lo que era espantoso en Bly no solo pongo en tela de juicio la fe más liberal, la cual poco me importa; también —y esto es otro asunto— renuevo lo que sufrí, mientras me abro camino hacia el final. Llegó un momento después del cual, al mirar para atrás, el asunto parece que ha sido puro padecimiento; pero al final he llegado a su corazón, y el camino más recto para salir es, qué duda cabe, seguir avanzando. Una noche, sin nada que me condujese y nada que preparar, sentí el tacto frío de la impresión que había sentido la noche de mi llegada y que, mucho más ligero entonces según *he* mencionado, apenas debería haber retenido en el recuerdo si el resto de mi estancia hubiera ido menos agitada. No me había acostado; estaba sentada leyendo a la luz de un par de velas. Había una habitación llena de libros viejos en Bly, ficción del siglo anterior algunos de ellos, que, con un claro mal renombre pero sin llegar al extremo de ser obras malas, habían llegado a la casa aislada y despertado la declarada curiosidad de mi juventud. Recuerdo que el libro que tenía entre manos era la *Amelia* de Fielding[4]; también que estaba completamente despierta. Recuerdo más adelante tanto la convicción de que era terriblemente tarde como que tenía una particular prevención en mirar el reloj. Tengo en el recuerdo, por último, que la cortina blanca, cubriendo según la moda de aquellos días el cabecero de la camita de Flora, envolvía, de ello me había asegurado con anterioridad, el reposo completo de la niña. Recuerdo, en pocas palabras, que aunque estaba profundamente interesada en mi autor, me encontré, al volver la página y completamente bajo su hechizo,

---

4   Novela de Henry Fielding (1707-1754) publicada en 1751. Es su última novela. Está influida por el estilo de Richardson, escritor contemporáneo. Se distingue de otras novelas de Fielding en que *Amelia* destaca por el tono de realismo psicológico de ambiente burgués; en otras novelas, por el contrario, los rasgos cómicos, épicos y puramente realistas predominan. Amelia es la encarnación de la feminidad. Ilustra, según algunos críticos, la eficacia con que la bondad instintiva puede actuar atenuando las contrariedades de la vida y contribuyendo a dar la verdadera felicidad. A Amelia, Fielding opone el inmoral mundo contemporáneo.

alzando los ojos para mirar con fijeza la puerta de la habitación. Hubo un momento durante el que sentí, acordándome de la mínima impresión que había tenido la primera noche, que algo indefinible flotaba en la casa y noté que el suave golpeteo de la brisa entreabría la ventana. Luego, con todas las señales de una deliberación que debió de haber parecido grandiosa en caso de que alguien la hubiese contemplado, dejé el libro, me levanté, y con una vela en la mano salí de la habitación y desde el pasillo, poco iluminado por la vela, cerré sigilosamente la puerta echando la llave.

No puedo decir ahora lo que me hizo tomar tal determinación ni lo que me guio, pero crucé el vestíbulo, con la vela firme en la mano, hasta que llegué a la altura de la ventana que presidía el gran rellano de la escalera. En este punto de golpe fui consciente de tres cosas. Casi eran simultáneas y aun así emitían destellos sucesivos. La vela, tras una osada revitalización, se extinguió y percibí por la ventana descubierta que la lenta extinción de la temprana mañana la hacía innecesaria. Sin ella, al instante siguiente me percaté de que había una figura en la escalera. Hablo de secuencias, pero no necesité de ningún lapso de tiempo para prepararme para un tercer encuentro con Quint. La aparición había llegado a la mitad de la escalera y se encontraba por tanto en el lugar más cercano de la ventana donde, ante mi vista, se paró de golpe y me miró exactamente igual a como me había mirado desde la torre y desde el jardín. Me reconoció tan bien como yo a él; y así, a la luz débil del frío crepúsculo, con un resplandor en el cristal superior de la ventana y otro en los pulidos escalones de roble, nos encaramos con idéntica intensidad. En esta ocasión era en verdad una presencia absolutamente viva, detestable y peligrosa. Pero eso no era lo más maravilloso; reservo esta distinción para otra circunstancia distinta; la circunstancia de que el miedo me había abandonado sin que cupiera confusión acerca de ello y de que nada había en mí que no fuera capaz de acercarme a él y desafiarlo.

Sentí mucha angustia después de ese momento extraordinario pero, gracias a Dios, nada de terror. Y él lo sabía; me encontré al cabo de un instante consciente de esto. Sentí, en un arrebato interno de confianza, que si permanecía en mi terreno un minuto más, cesaría —durante un tiempo al

menos— de tener que contar con él; y durante ese minuto, por tanto, la cosa fue tan humana y horrible como un encuentro real; horrible porque era humana, tan humana como el haber conocido a solas en la madrugada en una casa dormida a un enemigo, un aventurero, un criminal. Era el silencio absoluto de nuestra prolongada mirada a tales bandos lo que confería a todo el horror, grande como era, la única nota sobrenatural. Si hubiera conocido a un asesino en tal lugar y a semejante hora, al menos deberíamos haber hablado. En vida algo nos habríamos dicho; si no hubiese ocurrido nada, uno de nosotros se habría movido. El momento fue tan prolongado que no me habría costado dudar, de seguir así si aún *vivía*. No puedo describir lo que después siguió sino diciendo que el mismo silencio —que en cierto modo era una confirmación de mi fuerza— se convirtió en el elemento en que vi cómo desaparecía la figura; en el que, no cabe duda, lo vi volverse, al igual que podría haber visto al granuja, al cual una vez perteneció, volverse al recibir una orden y, puestos mis ojos en la espalda villana a la cual ninguna joroba podría haber desfigurado más, bajar la escalera e internarse en la oscuridad en la que se perdía el siguiente escalón.

X

Permanecí un rato arriba comprendiendo por fin que al irse el visitante había desaparecido definitivamente; regresé entonces a la habitación. Lo primero que vi con la luz de la vela que había dejado encendida era que la cama de Flora estaba vacía; y al verlo aguanté la respiración con todo el miedo que, cinco minutos antes, había sido capaz de resistir. Me fui hacia donde la había dejado durmiendo y donde —la pequeña colcha de seda y las sábanas estaban desordenadas— las blancas cortinas habían sido corridas; a continuación, mi paso, para mi gran alivio, produjo un sonido de respuesta; noté que se movía la persiana y la niña en cuclillas salió sonrosada por el lado opuesto. Allí se quedó envuelta en su candor apenas cubierta por el camisón, sus piececillos descalzos y sus rizos dorados. Parecía muy seria, y hasta entonces no había tenido yo la sensación de estar perdiendo la ventaja adquirida, cuya emoción acababa de ser tan prodigiosa, como al

ser consciente de que se dirigió a mí con un reproche. «Traviesa, ¿dónde *ha* estado?». En vez de reprenderla por su comportamiento me encontré dando explicaciones. Ella misma se explicó en ese asunto con la simplicidad más encantadora. Se había dado cuenta en la cama de que yo había salido de la habitación, y había saltado de la cama para ver qué había sido de mí. Me había derrumbado con la alegría de su reaparición en la silla, sintiéndome entonces, y solo entonces, un poco débil; y ella se acercó con pequeños pasos hacia donde estaba, se subió a mis rodillas, dándole así la llama de la vela en toda la preciosa carita en la que asomaba el sueño. Recuerdo que entorné los ojos un instante cediendo conscientemente, ante el exceso de algo hermoso que relumbraba por sí mismo en sus ojos azules. «¿Me buscabas por la ventana?», dije. «¿Creías que estaba dando un paseo por el jardín?».

«Bueno, verá, pensé que había alguien», no palideció mientras me respondía con una sonrisa.

¡De qué modo la miré entonces! «¿Y viste a alguien?».

«¡No!», respondió —con el privilegio de la inconsecuencia infantil— resentida, aunque con gran dulzura en la entonación de su negativa.

En ese momento, en un estado nervioso, no tuve la menor duda de que me mentía; y si volví a cerrar los ojos fue ante el asombro de las tres o cuatro posibilidades con las que podía afrontar esto. Una de ellas me tentó durante un minuto con fuerza tan singular que, para resistirlo, debí de coger a la niña con una crispación tal que, de extraña manera, lo aceptó sin un grito ni muestra de miedo. ¿Por qué no pillarla allí y acabar con todo?, ¿mostrárselo a la cara?

«Verás, verás, *sabes* que sí y en cierto modo sospechas que yo lo creo; así pues, ¿por qué no me lo confiesas con sinceridad para que al menos podamos convivir con ello juntas y quizá aprender en nuestro extraño destino dónde estamos y lo que eso significa?». Esta solicitud se fue, ay, como había llegado; si hubiese podido rendirme ante ella, al instante me habría librado, bueno, ya se enterará de qué. En vez de rendirme a ella, me puse en pie de golpe, miré la postura en que se encontraba y tomé una decisión a medio camino.

«¿Por qué corriste la cortina sobre tu cama para hacerme creer que seguías ahí?».

Flora meditó radiante; tras lo cual con su sonrisita divina: «Porque no me gusta asustarla...».

«¿Pero y si, según tú, hubiese salido...?».

Rechazó totalmente sentirse desconcertada; volvió los ojos a la llama de la vela como si la cuestión fuera irrelevante o, en cualquier modo, impersonal, como saber quién es la señora Marcet o cuánto es nueve por nueve. «Bueno, ya sabe», respondió de modo correcto, «podía regresar, cariño, ¡como en efecto hizo!». Y tras un momento, de nuevo en la cama, tuve que demostrar largo rato, casi sentándome sobre ella para tener su mano agarrada, cómo reconocía la pertinencia de mi regreso.

Puede imaginarse el cariz que tomaron desde ese momento mis noches. Repetidas veces me quedaba en vela levantada hasta no sé cuándo; escogía los momentos en que mi compañera de habitación dormía de manera inequívoca y salía, daba vueltas por el pasillo sin hacer ruido. Una vez incluso llegué hasta donde había visto a Quint la última vez. Pero no volví a encontrarlo allí y puedo también decir con total claridad que no lo vi en la casa en ninguna otra ocasión. Estuve a punto de tener en la escalera una aventura diferente. Mirando desde lo alto me percaté de la presencia de una mujer sentada en uno de los escalones más bajos que me daba la espalda, su cuerpo medio inclinado y su cabeza, en actitud afligida, entre sus manos. Había permanecido ahí apenas un minuto, cuando desapareció sin volverse a mirarme. Sabía con exactitud el rostro horroroso que me habría enseñado; y me pregunté si, de estar abajo, habría tenido el mismo coraje para subir que el que demostré con Quint. Bien, aún iba a necesitar mucho coraje. En la undécima noche desde mi último encuentro con ese caballero —ahora las contaba todas— tuve una alarma que peligrosamente lo puso a prueba y que de hecho, por la cualidad especial de no esperarlo, resultó ser el golpe más fuerte que recibí. Fue precisamente la primera noche de varias cuando, cansada de las vigilias, concebí que también podía, sin faltar a mis deberes, volver a acostarme a mi hora acostumbrada. Me dormí inmediatamente, como supe después, hasta la una de la

madrugada; pero cuando me desperté fue para incorporarme totalmente, pues me había levantado como si una mano me hubiera sacudido. Había dejado una luz encendida, que ahora se había apagado, y tuve la certeza instantánea de que había sido Flora. Esto hizo que me levantara y en la oscuridad me dirigiese sin dudarlo a su cama para encontrarme con que se había marchado. Una mirada a la ventana me iluminó más y la chispa de una cerilla completó la escena.

La niña había vuelto a levantarse —esta vez tras apagar la vela— y de nuevo se había deslizado detrás de la cortina con el propósito de observar, o a modo de respuesta, y escudriñaba la noche. Que ahora veía algo —al igual que no lo había visto, me había asegurado yo misma, la vez anterior— lo probaba el hecho de que no notase que volviera a iluminar la habitación ni la prisa que me había llevado a ponerme las zapatillas y un chal. Escondida, protegida, absorta, permanecía en el alféizar —la ventana abierta hacia afuera— y se entregaba a lo que observaba. Una enorme luna llena le servía de ayuda, y esto había influido en mi veloz decisión. Se encontraba cara a cara con la aparición que habíamos visto en el lago y podía ahora comunicarse con ella al igual que no había podido anteriormente. De lo que yo, por mi parte, me tenía que cuidar era de, sin que ella lo notase, llegar desde el pasillo a otra de las ventanas que diesen al mismo lado. Llegué a la puerta sin que me oyese; salí, la cerré y escuché desde el otro lado algún sonido suyo. Mientras estaba en el pasillo tenía mis ojos puestos en la puerta de su hermano, que estaba a unos diez pasos y que indescriptiblemente me produjo una revitalización del extraño impulso que hace poco he llamado mi tentación. ¿Qué ocurriría si entraba allí y me dirigía a *la* ventana?, ¿qué si arriesgándome ante su desconcierto infantil a revelar mis motivos lanzase sobre el resto del misterio el largo dogal de mi osadía?

Este pensamiento me ayudó lo suficiente para hacerme llegar hasta su puerta y allí volver a detenerme. Escuché con una atención más concentrada de lo normal; me imaginé lo que podía ser; me pregunté si su cama estaría también vacía y él, ojo avizor en secreto. Fue un minuto de un hondo silencio, al final del cual mi impulso flaqueó. Estaba todo tranquilo; podía ser inocente; el riesgo era horroroso; me marché. Había una figura en el

jardín, una figura que merodeaba en busca de una mirada, el visitante con quien Flora se había comunicado; pero no era el visitante que más interesaba al niño. Volví a vacilar, pero por otras razones y solo un momento, pues al instante había tomado una determinación. Había muchas habitaciones vacías en Bly, y solo se trataba de escoger la adecuada. Repentinamente, la más a propósito se me presentó como la del piso de abajo —aunque quedaba por encima del jardín— en la esquina maciza a la que ya he aludido como la torre vieja. Era una cámara amplia y cuadrada amueblada como un dormitorio de lujo de tamaño tan extravagante que era incómoda y estaba desocupada, aunque a pesar de ello la señora Grose la hubiera mantenido ordenada de manera ejemplar durante años. Había fisgado en ella con frecuencia y sabía cómo moverme; solo tuve que cruzarla tras temblar ante la triste y fría penumbra en que se encontraba por la falta de uso, y abrir uno de los postigos. Una vez hecho esto abrí la ventana sin hacer ruido y, pegando mi rostro al cristal, pude ver, en medio de una oscuridad más ligera que la del interior, que había tomado la dirección correcta. Vi entonces algo más. La luna permitía escudriñar en la noche y me dejó ver en el césped a una persona empequeñecida por la distancia; permanecía quieta y como fascinada mirando hacia donde yo había aparecido, es decir, no tanto mirándome a mí cuanto a algo que aparentemente estaba situado por encima de mí. Estaba claro que alguien se hallaba encima, alguien había en la torre; pero la presencia en el césped no era en lo más mínimo la que yo había imaginado, que me había apresurado a ir a ver. La presencia en el césped —me horroricé cuando lo descubrí— era el mismísimo Miles.

XI

¡Hasta bien avanzado el día siguiente no hablé con la señora Grose!; el rigor en mantener a mis pupilos a la vista hacía difícil hablarle a solas; cuanto más si las dos nos dábamos cuenta de la importancia de no levantar, tanto en los criados como en los niños, ninguna sospecha de nerviosismo secreto o de misteriosos conciliábulos. En este particular me tranquilizaba enormemente su aspecto. Nada había en su jovial cara que dejara entrever a los

otros ninguna de mis espantosas confidencias. Estaba segura de que me creía completamente; de no haber sido así no sé lo que habría sido de mí, pues no podría haber soportado la presión yo sola. Era un ejemplo magnífico de la bendición que es carecer de imaginación, y si ella no podía ver en nuestras pequeñas cargas nada más que belleza y amabilidad, felicidad e inteligencia, no podía comunicarse directamente con la fuente del problema. Si hubieran mostrado algún síntoma de que les afectaba o de que les alcanzaban los golpes, sin duda alguna habría madurado, o recapacitando, habría mostrado ojeras parecidas a las de ellos; pero tal como estaban las cosas, sin embargo, podía sentir, cuando los contemplaba con sus enormes brazos blancos cruzados y la serenidad habitual en su mirada, que agradecía a la bondad del Señor que, aunque estaban malcriados, las partes aún eran útiles. Ráfagas de fantasía dejaban paso en su mente a un resplandor hogareño, y si yo había comenzado a percibir con convicción creciente cómo —conforme el tiempo pasaba sin una catástrofe pública— nuestros jóvenes podían después de todo cuidar de sí mismos, ella dirigió toda su atención al triste caso de la institutriz. Para mí simplificaba totalmente el asunto; podía asegurar al mundo que mi cara no revelaría nada, pero en tales condiciones habría sido una inmensa preocupación añadida encontrarme preocupada por la de ella.

A la hora de la que hablo se había reunido obligada conmigo en la terraza, donde, en esa época del año, el sol vespertino era agradable; nos sentamos juntas mientras ante nosotros y a distancia, pero no tan lejos que no pudiéramos llamarlos, los niños iban de un lugar a otro con calma. Se movían al unísono más abajo, con tranquilidad; en el césped, el niño, conforme marchaban, leía en voz alta un libro de cuentos y agarraba a su hermana para mantenerse juntos.

La señora Grose los miraba con verdadera tranquilidad; aprehendí el crujido intelectual sofocado con que conscientemente se volvió para que yo le presentara la otra cara del tapiz. Había hecho de ella un recipiente de motivos escabrosos, pero había en su paciencia ante mi dolor un extraño reconocimiento de mi superioridad, mi talento y mi función. Ofreció su mente a mis revelaciones como, si al desear yo hacer una pócima de brujas

y proponérselo a las claras, me hubiera ofrecido un enorme cazo nuevo. En esto se había convertido su actitud en el momento en que, en mi enumeración de los sucesos de la noche, llegué al punto de qué me había dicho Miles cuando, después de verlo a una hora tan intempestiva casi en el mismo lugar donde entonces estaba, había bajado para meterlo en casa; decidiéndome entonces en la ventana, con la imperiosa necesidad de no alarmar a la casa, por ese método en vez de por otro más ruidoso. La había dejado mientras tanto con pocas dudas de la poca esperanza que tenía de representar con éxito, incluso a pesar de su simpatía, mi sentimiento de auténtico esplendor ante la pequeña inspiración con que, una vez que estuvo dentro de casa, el niño conoció el desafío expreso. Tan pronto como aparecí en la terraza a la luz de la luna, se me acercó con la mayor rapidez que pudo; ante lo cual lo cogí de la mano sin decir palabra y lo llevé por lugares oscuros hasta el último tramo de la escalera, donde Quint lo había estado esperando con tantas ganas, para pasar por el corredor donde había escuchado temblorosa, y así llegar a la habitación que había abandonado.

Ni una palabra habíamos intercambiado durante el camino, mientras me preguntaba —¡y de *qué* manera!— si estaba dándole vueltas en su terrible cabecita a algo que fuera creíble, y esta vez sentí, más allá de su vergüenza, una curiosa emoción de triunfo. Se trataba de una trampa fácil en cualquier juego que hasta el momento había resultado favorable. Podía a partir de entonces dejar de jugar con propiedad, ni siquiera tenía que fingirlo; ¿cómo diablos iba a salir del apuro? Entonces me llamó la atención, con el latido apasionado de esta cuestión, el modo en que iba a salir *yo*. Por fin me enfrentaba como no había ocurrido hasta entonces con el riesgo añadido incluso ahora de haber pulsado la nota espantosa. De hecho recuerdo que conforme lo metía en su cuarto, donde la cama no había sido tocada lo más mínimo y la ventana, descubierta por la luz de la luna, volvía tan luminoso el lugar que no había necesidad de encender una cerilla, recuerdo cómo de repente me derrumbé, echándome en el borde de la cama ante la idea enérgica de que debía saber cómo en verdad, según expresión de ellos, me «tenía». Podía hacer lo que quisiese, ayudado de toda su inteligencia, siempre y cuando yo siguiera acatando la vieja tradición delictiva

de esos encargados de jóvenes que atienden a las supersticiones y miedos. Sin duda alguna, me «tenía», y en una situación comprometida; pues ¿quién me perdonaría, quién consentiría que yo fuese tan despreocupada, si, ante el mínimo temor de una propuesta, era la primera en introducir en nuestra relación perfecta un elemento tan espantoso? No, no, era inútil intentar comunicarle a la señora Grose, casi como intentar sugerir aquí, cómo durante nuestro pequeño paseo tenso en la oscuridad el niño hizo que me estremeciera de admiración. Yo estuve por supuesto extremadamente amable y compasiva; nunca, nunca había puesto sobre sus pequeños hombros las manos de manera tan tierna como cuando, mientras me apoyaba en la cama, lo retuve allí para sonsacarle. No tenía más alternativa que, al menos en la forma, decírselo.

«Ahora debes contármela, toda la verdad. ¿A qué saliste? ¿Qué hacías allí?».

Aún puedo ver su sonrisa maravillosa, la blancura de sus ojos hermosos, y el descubrimiento de sus blancos dientes, que brillaban en la penumbra. «Si se lo cuento, ¿lo comprenderá?». Ante esto, el corazón me palpitó. ¿Qué me iba a contar? No encontré sonido que dejar escapar por mis labios, y era consciente de que contestaba con un vago cabeceo sombrío y repetido. Era la caballerosidad personificada, y mientras movía la cabeza se puso de pie pareciendo más que nunca un pequeño príncipe de cuento de hadas. Era el brillo que emanaba lo que me dio un respiro. ¿Tan grande era lo que se disponía a contarme? «Bueno», dijo por fin, «exactamente para que tuviera que hacer esto».

«¿Hacer, el qué?».

«¡Pensar que soy, para variar, *malo*!». Nunca olvidaré la dulzura y alegría con que dijo la palabra ni cómo, por encima de ello, se inclinó y me besó. Prácticamente era el fin de todo. Me acerqué para que me besara al tiempo que hacía el mayor esfuerzo, mientras lo agarraba entre mis brazos, para no llorar. Se había descrito con tal exactitud que apenas me dejaba que fuera detrás de él, y solo tras confirmar que yo lo aceptaba, mientras echaba un vistazo a la habitación, pude decir:

«¿O sea que ni siquiera te desvestiste?».

Los ojos le brillaron débilmente en la habitación. «No. Me senté a leer».

«¿Cuándo bajaste?».

«A medianoche. ¡Cuando soy malo, soy malo!».

«Ya veo, ya veo, es encantador. ¿Pero cómo podías estar tan seguro de que yo lo sabría?».

«Bueno, lo preparé con Flora». ¡Con qué rapidez surgían sus respuestas! «Ella se levantaría y vigilaría».

«Que es lo que hizo». ¡Era yo la que había caído en la trampa!

«Así que la interrumpió a usted y al ver que ella miraba, usted también miró, vio».

«¡Mientras tú», continué, «enfermabas de gravedad en el aire helado de la noche!».

Literalmente se creció con la proeza, pudiendo asentir radiante: «¿De qué otro modo podría haber sido malo de verdad?», preguntó. A continuación, tras otro abrazo, el incidente y la conversación finalizaron reconociendo yo todas las reservas acerca de la bondad que, para llevar a cabo su plan, había disimulado.

XII

La fuerte impresión que había recibido se reveló, ya lo he dicho, poco adecuada para la señora Grose, aunque la reforcé con la mención de otro comentario que Miles había hecho antes de separarnos. «Todo se reduce a media docena de palabras», le dije, «palabras que resuelven el asunto: "¡Piense, ¿sabe?, en lo que *podría* hacer yo!". Me lo lanzó para demostrarme lo bueno que era. Sabe perfectamente bien lo que *tenía que hacer*. Eso es lo que les dio a probar en la escuela».

«¡Señor, cómo cambia usted!», gritó mi amiga.

«No cambio, simplemente lo analizo. Los cuatro, esté segura de ello, se ven con mucha frecuencia. Si alguna de estas noches hubiera estado usted con alguno de los niños, lo habría comprendido con claridad. Cuanto más he observado y esperado, más he sentido que, si no había otra cosa que lo asegurase, sería el silencio sistemático de cada uno de ellos lo que lo hiciera.

Nunca han llegado a aludir a ninguno de sus antiguos amigos en un desliz verbal, lo mismo que Miles no ha aludido a su expulsión. Bueno, sí, podemos quedarnos aquí sentadas y observarlos y ellos pueden exhibirse hasta la saciedad: pero incluso cuando pretenden estar inmersos en sus cuentos de hadas, en el fondo están perdidos en la visión de los muertos que han regresado para ellos. Él no se dedica a leerle a ella», admití: «Hablan de los *otros*. ¡Están contando horrores! Me comporto, lo sé, como si estuviera loca; y es un milagro que no lo esté. Lo que he visto, *a usted* la habría vuelto loca; pero a mí solo me ha vuelto más lúcida, me ha hecho comprender otras cosas».

Mi lucidez debió de parecerle horrible, pero las encantadoras criaturas víctimas de ello, al pasar una y otra vez unidas en su dulzura, dieron a mi colega algo con que justificarla; y sentí con qué fuerza se agarraba a ella, sin que le afectara mi apasionamiento, cubriéndolos con su mirada. «¿De qué otras cosas se ha dado cuenta?».

«De todo aquello que me ha encantado, fascinado y, a pesar de todo, en el fondo, ahora me percato, me ha dejado perpleja y preocupada. Su belleza más que terrenal, su bondad en nada natural. Es un juego», proseguí; «¡es una estratagema y un fraude!».

«¿Por parte de los pequeños?».

«¿Como simples niños? ¡Sí, por muy raro que parezca!». El mismo acto de decirlo me ayudó a descubrirlo, seguir su pista y unir todas las piezas. «No han sido buenos, solo han estado ausentes. Ha sido fácil vivir con ellos porque simplemente llevaban su vida. No son míos, no son nuestros. ¡Son de él y de ella!».

«¿De Quint y de esa mujer?».

«De Quint y de esa mujer. Quieren tenerlos».

Ante esto cómo pareció observarlos la pobre señora Grose. «Pero ¿para qué?».

«Por amor a la maldad que en esos días espantosos la pareja sembró en ellos. Y para ejercer en ellos esa maldad, vuelven para continuar la labor de los demonios».

«¡Santo cielo!», dijo mi amiga en un suspiro. La exclamación era normal, pero dejaba ver una aceptación verdadera de mi prueba concluyente de lo

que, en malos tiempos —¡pues había habido otro peores que este!—, debió de ocurrir. No podía haber justificación alguna para mí, pues la mera comparación de su experiencia con cualquier abismo de depravación la encontraba creíble en nuestro par de sinvergüenzas. Gracias a su memoria dijo después de un rato: «¡Eran unos *granujas*! ¿Pero qué pueden hacer ahora?», continuó.

«¿Hacer?», repetí en voz tan alta que Miles y Flora, que pasaban a cierta distancia, se detuvieron un instante en su paseo para miramos. «¿No hacen ya bastante?», pregunté en un tono más bajo, mientras los niños, habiendo sonreído y asentido con la cabeza y tras habernos enviado un beso, continuaron con su paseo. Nos quedamos calladas un minuto, y en seguida respondí: «¡Pueden destruirlos!». A esto mi compañera se volvió, dejando escapar una duda callada, cuyo efecto fue el de que me volviera más explícita. «Aún no saben cómo, aunque lo intentan denodadamente. Solo los pueden ver a lo lejos, como hasta ahora, y fuera de su alcance, en lugares extraños y altos, la cima de las torres, tejados de casas, fuera de las ventanas, en el extremo alejado de las lagunas; pero hay un plan oculto por ambos lados para acortar la distancia y superar los obstáculos; así, que lo logren es solo una cuestión de tiempo. Solo han de perseverar en sus sugerencias de peligro».

«¿Para que los niños vayan?».

«¡Y perezcan en el intento!». La señora Grose se levantó despacio mientras yo añadía con escrúpulos: «¡A menos, por supuesto, que podamos evitarlo».

De pie frente a mí, mientras yo permanecía sentada, se puso a meditar en ello visiblemente. «Su tío es quien ha de evitarlo. Tiene que llevárselos».

«¿Y quién va a decírselo?».

Había estado calculando la distancia y dejó caer sobre mí una cara de estúpida. «Usted, señorita».

«¿Escribiéndole que la casa está emponzoñada y sus sobrinitos, locos?».

«¿Y si *lo* están, señorita?».

«¿Y yo también, me está diciendo? Enviar noticias tan agradables a una persona que goza de su confianza y cuya primera obligación es no darle preocupaciones».

La señora Grose meditó, siguiendo una vez más a los niños. «Sí, odia las preocupaciones. Esa era la gran razón».

«¿Por la que los desalmados se aprovecharon de él tanto tiempo? Sin duda, aunque su indiferencia ha de haber sido horrible. De todos modos, al no ser malvada, no lo engañaría». Mi compañera, después de un rato y por toda respuesta, se volvió a sentar y agarró mi brazo. «De cualquier modo, oblíguele a venir por usted».

La miré con sorpresa. «¿Por *mí*?». Sentí un miedo repentino de lo que ella sería capaz de hacer. «¿A él?».

«Tendría que *estar* aquí, tendría que ayudar».

Me levanté con presteza y creo que debí de mostrar un rostro más extrañado que nunca. «¿Me cree capaz de pedirle que nos visite?». No, con sus ojos en mi cara evidentemente no era capaz. En vez de esto —pues una mujer puede leer en otra— podía ver lo que yo misma veía; su burla, su diversión, su desprecio por el colapso nervioso de mi resignación al dejarme sola y por la maquinaria que había puesto en marcha para atraer su atención hacia mis menguados encantos. No sabía ella, nadie lo sabía, lo orgullosa que me sentía de haberle servido y de mantenerme dentro de los términos fijados; aun así, no obstante, se percató, creo, de la importancia del aviso que le di. «Si usted fuese capaz de perder la cabeza como para llamarlo por mí».

Estaba verdaderamente asustada. «¿Qué, señorita?». «Les dejaría al instante el lugar para usted y para él».

XIII

Estar con ellos resultaba agradable, pero hablarles suponía un esfuerzo superior a mis fuerzas; ofrecía, en determinados momentos, dificultades insuperables como las anteriores. La situación continuó un mes y con nuevos agravantes y notas particulares, la más importante de todas, la más aguda, la pequeña conciencia irónica de mis pupilos. No era, aún hoy estoy tan segura como lo estuve entonces, mi mera imaginación endemoniada; se podía percibir que eran conscientes de mi aprieto y de que esta relación

extraña formó parte de algún modo durante largo tiempo del aire en el que nos movíamos. No quiero decir que me buscasen las cosquillas ni que hiciesen nada vulgar, pues no era ese el peligro; me refiero, por el contrario, a que lo innombrado e intocado llegó a ser, entre nosotros, mayor que ningún otro, y a que tanto empeño por evitarlo no podría haber tenido éxito sin un acuerdo tácito. Era como si, en ciertos momentos, estuviésemos perpetuamente a la vista de sujetos ante los cuales debíamos detenernos, salirnos repentinamente de los caminos que sabíamos sin salida y cerrar con un ligero golpe, que nos obligaba a mirarnos unos a otros —pues como todos los portazos, era más fuerte de lo que habíamos querido—, las puertas que con indiscreción habíamos abierto. Todos los caminos llevaban a Roma, y hubo veces en que podía habernos sorprendido cuando cualquier rama de estudio o tema de conversación bordeaba terrenos prohibidos. Terreno prohibido era la cuestión del regreso de los muertos en general y de cualquier cosa que, en particular, pudiera sobrevivir gracias a la memoria de los amigos que los niños habían perdido. Hubo días en que podría haber jurado que uno de ellos había, con un pequeño codazo invisible, dicho al otro: «Piensa que lo logrará esta vez, ¡pero no *lo* conseguirá!». «Lograrlo» habría sido consentir, por ejemplo —y en cierto modo para siempre—, alguna referencia directa a la señorita que los había preparado para mi disciplina. Tenían un enorme apetito insaciable por los pasajes de mi historia que una y otra vez les relataba; tenían conocimiento de todo lo que me había ocurrido, de todas las historias con todas sus circunstancias, de mis aventuras y de las de mis hermanos y del gato y el perro de casa, así como de muchos detalles del peculiar carácter de mi padre, del mobiliario y la disposición de la casa y de las conversaciones de las mujeres del pueblo. Había un número más que suficiente de cosas, unas con otras, de las que charlar si uno iba con rapidez y tenía los reflejos necesarios para parar en el momento adecuado. Tenían arte para pulsar las cuerdas de mi invención y mi memoria; y quizá nada más, cuando con posterioridad pensé en tales ocasiones, tuve sospechas de ser observada a escondidas. Se trataba en cualquier caso solo de *mi* vida, *mi* pasado y *mis* amigos de lo que podíamos hablar con libertad; un estado de cosas que los llevaba a veces, sin que

fuera pertinente, a perderse en recuerdos de mi vida social. Me invitaban, sin conexión visible, a repetir como si no la conociesen la célebre *mot* del buenazo de Gosling[5] o a confirmar los detalles ya aportados acerca de la inteligencia del póney de la vicaría.

Era a veces en situaciones como estas y parte en otras muy diferentes cuando mis apuros, como los he llamado, con el cariz que la situación había tomado, se volvieron mayores. El hecho de que los días pasasen para mí sin otro encuentro debería, así tendría que haber parecido, haber servido para que mis nervios se calmasen. Desde el leve hallazgo en el tramo superior la segunda noche de la presencia de una mujer a los pies de la escalera, no había vuelto a ver nada, ni dentro ni fuera de la casa, que hubiera sido mejor no ver. Había muchas esquinas tras las que esperaba encontrarme a Quint, y muchas situaciones que de un modo simplemente siniestro habrían favorecido la aparición de la señorita Jessel. El verano había llegado, había pasado; el otoño había hecho su aparición en Bly y había acabado con parte de la claridad. El lugar, con su cielo gris y sus guirnaldas ajadas, sus espacios desnudos y sus hojas muertas esparcidas, era como un teatro tras la representación, todo cubierto de programas arrugados. Había exactamente algo en el aire, condiciones de sonido y de silencio, impresiones de que era el momento propicio, que me traían el recuerdo, demasiado amplio para poder percibir la atmósfera en que, aquella tarde de junio al aire libre, tuve mi primera visión de Quint, y en la que también en esos otros instantes lo había buscado, después de verlo tras el cristal, en vano en el círculo de arbustos. Reconocí las señales, los presagios, reconocí el momento, el lugar. Pero seguían sin compañía y vacíos, y yo sin que me molestaran; si se podría decir que no se molesta a una mujer joven cuya sensibilidad no había declinado de un modo extraordinario, sino que se había agudizado. En mi charla con la señora Grose en relación con la horrible escena de Flora junto al lago había dicho —y la había sorprendido por decirlo— que a partir de

---

5   Se refiere a George Lyttleton de Frankley (1709-1773). Era amigo de los escritores más relevantes de la época. Henry Fielding le dedicó *Tom Jones* y Tobías Smollet lo ridiculizó en *Las aventuras del peregrino Pepinillo* bajo el personaje de Gosling Scragg. Se decía de él que era un gran conversador siempre en un tono monótono.

ese momento me afectaría más perder mi poder que mantenerlo. Después había dejado claro lo que bullía en mi mente; la verdad es que, tanto si los niños veían en realidad como si no —pues no se había probado definitivamente—, prefería con mucho como salvaguarda exponerme yo sola. Estaba dispuesta a conocer lo peor que hubiera que saber. De lo que entonces tuve una sospecha horrible fue de que podían sellar mis ojos mientras que los suyos permanecerían totalmente abiertos. Bueno, mis ojos *estaban* sellados, parecía, en un principio, una consumación por la que sería blasfemia no dar gracias a Dios. Había, ay, una dificultad en todo ello; le habría dado las gracias con toda mi alma si no hubiese tenido la total seguridad del secreto de mis pupilos.

¿Cómo puedo hoy volver a trazar los extraños pasos de mi obsesión? Hubo veces en que estando juntos habría podido jurar que verdaderamente en mi presencia, pero siendo yo ajena a todo, los visitantes estaban allí y eran reconocidos y bienvenidos. En esos momentos podría, si no me hubiera detenido la posibilidad de que se podía causar un daño mayor que el que se pretendía evitar, haber estallado. «Están aquí, están aquí, granujillas», habría gritado.

«¡No lo podéis negar!». Los pequeños pícaros lo negaban con toda su sociabilidad y ternura añadidas, justo en cuyas profundidades cristalinas —como el brillo de un pez en la corriente— la burla de su ventaja asomaba. La impresión me había hundido aún más de lo que creía la noche en que, al ir en busca de Quint o la señorita Jessel bajo las estrellas, había visto al niño cuyo descanso cuidaba y que al punto había ganado para sí —ofreciéndomela en seguida— la encantadora mirada con la que, desde las almenas, la horrorosa aparición de Quint había jugado. Si era una cuestión de pánico, mi descubrimiento esta vez me había asustado más que ninguna otra, y fue sobre todo en este estado de pánico como saqué las conclusiones que aún mantengo. Me atormentaba, por lo que en ciertos momentos especiales me encerraba para ensayar en voz alta —era al mismo tiempo un descanso fantástico y una desesperación renovada—, la manera en que podía abordar el asunto. Lo abordaba desde un lado y desde el otro mientras caminaba impaciente por la habitación, siempre deprimida por la pronunciación

monstruosa de los nombres. Conforme se apagaban en mis labios me dije a mí misma que les ayudaría a representar algo infame si al pronunciarlo violaba un caso nimio de instintiva delicadeza nunca antes conocida en una clase. Cuando me dije: «¡Tienen *educación* para estar en silencio y tú, en quien confían, eres tan vulgar como para hablar!». Sentí que enrojecía y me tapé la cara con las manos. Tras estas escenas secretas charlé más que nunca, continuando con volubilidad hasta que llegó uno de los silencios palpables —no sé de qué otra manera puedo llamarlos—, el ascenso o la inmersión mareantes —¡me esfuerzo en encontrar los términos!— en el silencio, una pausa en cualquier vida, que nada tenía que ver con el mayor o menor ruido que podíamos estar haciendo en ese momento y que podía oír a través de cualquier regocijo intensificado o recitación apresurada o golpeteo ruidoso del piano. Eran entonces los otros, los extraños, los que estaban allí. Aunque no eran ángeles, «pasaban», como dicen los franceses, haciéndome, mientras permanecían, temblar por miedo a que dirigiesen a sus jóvenes víctimas un mensaje más diabólico o una imagen más vívida de la que habían considerado apropiada para mí.

De lo que no era tan fácil librarse era de la idea cruel de que, fuera lo que fuese lo que había visto, Miles y Flora veían *más* cosas terribles e imposibles de adivinar y que surgían de pasadizos tenebrosos que se comunicaban con el pasado. Tales cosas dejaban por supuesto en la superficie durante un tiempo un escalofrío que a voz en grito negábamos sentir; y los tres tuvimos un entrenamiento tan extraordinario con la repetición que fuimos todas las veces a señalar el final del incidente casi automáticamente con los mismos movimientos. Era sorprendente que los niños, a pesar de todo, me besaban repetidamente con una impresionante falta de importancia y que nunca dejaban —uno u otro— de hacer la pregunta que nos había ayudado en medio de tantos peligros. «¿Cuándo cree que *vendrá él*? ¿No le parece que *deberíamos* escribir?». Nada había como esas preguntas, sabíamos por experiencia, para sobrellevar cualquier situación molesta. «Él» era por supuesto su tío de la calle Harley; y vivíamos con la hipótesis de que podía llegar en cualquier momento para unirse a nuestro círculo. Era imposible haberles dado menos ánimos de los que él había dado a tal idea, pero si no la hubiésemos tenido para refugiarnos en ella, nos habríamos visto privados de las mejores demostraciones de cada uno. Nunca les escribía, eso podía ser egoísmo, pero era parte del modo en que su confianza me halagaba; pues un hombre no tiene mejor modo de reconocer la valía de una mujer que celebrando alguna de las sagradas leyes de la tranquilidad; así que mantuve que yo guardaba la esencia de su requerimiento de no llamarlo al permitir a nuestros jóvenes amigos entender que sus cartas no pasaban de ser encantadores ejercicios literarios. Eran demasiado hermosas para darlas al correo; yo las guardaba; aún sigo teniéndolas. Esta regla solo añadió el efecto satírico de que me acosasen con la suposición de que en cualquier momento podía unirse a nosotros. Era exactamente como si nuestros jóvenes amigos supiesen cuánto más violenta que ninguna otra cosa podía resultarme. Aún más, me parece, cuando miro hacia atrás, que no hay otro rasgo en todo esto más extraordinario que el mero hecho de que, a pesar de mi tensión y de su triunfo, nunca perdí la paciencia con ellos. ¡En verdad debieron de ser adorables, así lo siento ahora, pues ni siquiera en esos días los odié! ¿Me habría traicionado, sin embargo, la desesperación si el descanso se hubiera seguido posponiendo? Poco importa, pues el alivio llegó. Así lo llamo aunque solo fue el alivio que proporciona un bofetón que sigue a un momento de nervios o el estallido de una tormenta en un día de bochorno. Fue al menos un cambio que llegó con ímpetu repentino.

XIV

Cierta mañana de domingo iba con el pequeño Miles a la iglesia y Flora caminaba junto a la señora Grose delante de nosotros bien a la vista. Era un día frío y luminoso, el primero de esa clase desde hacía algún tiempo; la noche había traído la escarcha y el aire otoñal, brillante y cortante, hacía que las campanas sonaran casi alegres. Era un extraño accidente del pensamiento que en aquel momento estuviera sorprendida gratamente con la obediencia de mis pequeñas cargas. ¿Por qué nunca se cansaban de mi compañía inexorable y perpetua? Algo me había hecho consciente de que tenía sujeto al niño junto a mí, y de que por el modo en que nuestras compañeras

marchaban delante, podría parecer que la vigilaba contra algún peligro de rebelión. Era como un carcelero con un ojo puesto en las posibles sorpresas y escapadas. Pero todo esto pertenecía —quiero decir su magnífica rendición— justo a la selección especial de hechos que eran verdaderamente pésimos. Vestido por el sastre de su tío, quien tenía manos habilidosas y una idea correcta de lo que eran los chalecos hermosos y de su pequeño aire distinguido, lo que daba a Miles su independencia, los derechos de su sexo y de su posición estaban tan marcados en él que, si de repente hubiera pedido la libertad, nada habría tenido que objetar. Me preguntaba gracias a la más curiosa casualidad cómo lo encontraría cuando la revolución tuviera lugar de manera inequívoca. Lo llamo revolución porque ahora veo cómo, con la palabra que pronunció, el telón se alzó para el último acto de mi terrible drama y la catástrofe se precipitó.

«Bueno, querida, ¿tiene ya noticia», me dijo con encanto, «de cuándo vuelvo al colegio?».

Transcrita aquí la pregunta suena inofensiva, en particular si se recita con el tono dulce, agudo e informal con que entonaba las frases con todos sus interlocutores, pero en especial con su eterna institutriz, y que parecía como si estuviera arrojando rosas. Había algo que te «cogía», y yo fui cogida de cualquier modo con tanta efectividad que me detuve en seco como si uno de los árboles del parque se hubiese caído en medio del camino. Hubo algo nuevo en aquel momento, y él fue perfectamente consciente de que me había percatado, aunque para ello no tuvo que parecer menos franco y encantador que de costumbre. Podía sentir en él cómo percibía ya, desde que por primera vez no encontré nada que replicar, la ventaja que había adquirido. Iba tan despacio para encontrar nada que él disponía de mucho tiempo tras un momento para continuar con su sonrisa sugestiva, pero poco convincente: «Ya sabe usted, cariño, que el que un hombre esté con una señorita *siempre*...!». Su «cariño» estaba en sus labios dispuesto para mí, y nada habría expresado mejor el matiz sentimental con que deseaba inspirar a mis pupilos que su cariñosa familiaridad. Resultaba tan respetuosamente fácil.

¡Cómo sentí que en ese momento debía elegir mis propias frases! Recuerdo que, para ganar tiempo, intenté reír y me pareció ver en el hermoso

rostro con que me miraba lo espantosa y extraña que le parecía. «¿Siempre con la misma señorita?», le respondí.

No palideció ni pestañeó. Prácticamente todo estaba dicho entre nosotros. «Por supuesto que ella es una señorita jovial y *perfecta*; y yo después de todo soy un chico, ¿no se da cuenta?, que, bueno, se hace mayor».

Me detuve un rato allí con él siempre tan encantador. «Sí, te haces mayor». ¡Me sentía indefensa!

Aún hoy recuerdo la pequeña idea desgarradora de cómo parecía saberlo y aprovecharse de ello. «No podrá negar que no he sido muy bueno, ¿no?».

Puse la mano en su hombro, pues aunque me daba cuenta de que hubiera sido mejor andar, no podía hacerlo. «No, no puedo decir eso, Miles».

«¡Excepto esa noche que usted ya sabe...!».

«¿Qué noche?». No podía mirarle a la cara como hacía él.

«Qué noche, la que bajé, fuera de casa».

«Ah, sí. Pero he olvidado por qué lo hiciste».

«¿Lo ha olvidado?», repuso con la extravagancia infantil del reproche. «¡Bueno, pues para demostrarle que podía hacerlo!».

«Sí, claro que podías».

«Y puedo todavía».

Sentí que quizá podía después de todo tener éxito manteniéndome alerta.

«Claro que sí. Pero no lo harás».

«No, *eso* no. No fue nada».

«Nada», dije. «Pero tenemos que seguir».

Reanudó el paseo conmigo, pasando su mano por debajo de mi brazo. «Así pues, ¿cuándo *regreso*?».

Puse, al volverme hacia él, una expresión de seriedad.

«¿Te gustaba el colegio?».

Lo pensó un instante. «¡Soy feliz allá donde me encuentre!».

«Bueno, pues entonces», la voz me temblaba, «¡si también te gusta estar aquí...!».

«¡Pero esto no es cualquier sitio! Naturalmente *usted* sabe muchísimo...».

«¿Y tú no sabes quizá tanto?», me atreví a decir cuando se calló.

«¡Ni la mitad de lo que me gustaría!», declaró con honradez Miles. «Pero no se trata de eso».

«¿De qué entonces?».

«Quiero ver mundo».

«Ya veo, ya veo». Estábamos cerca de la iglesia. Varias personas, incluyendo algunas del servicio doméstico de Bly, se habían dirigido allí y se agrupaban en la puerta para vernos entrar. Aceleré el paso; quería llegar antes de que la cuestión entre nosotros fuera más explícita; reflexioné con avidez en que pasaría callado más de una hora; y pensé con envidia en la penumbra de los bancos de la iglesia y en la ayuda casi espiritual del cojín en que apoyaría las rodillas. Parecía de verdad una carrera en medio de la confusión en la que quería enredarme, pero sentí que él había llegado primero cuando, antes de haber entrado al cementerio, dejó caer:

«¡Quiero estar con los que sean como yo!».

Esto hizo que literalmente tropezara. «¡No hay muchos como tú, Miles!». Reí. «¡A no ser la pequeña Flora!».

«¿De verdad que me compara con una niña?».

Ante esto me encontré sin saber qué decir. «¿No le tienes *cariño* a nuestra pequeña Flora?».

«Si no se lo tuviese, ni a usted tampoco; ¡si no la quisiera!», repitió, y parecía que retrocedía de un salto, pero dejando la frase sin acabar y, después de traspasar la verja, hizo otra interrupción que resultó inevitable al apretarme el brazo. La señora Grose y Flora habían entrado ya en la iglesia, los otros fieles las habían seguido y nos quedamos, durante un rato, solos entre las tumbas antiguas. Nos habíamos detenido en el camino que partía de la verja junto a una lápida oblonga y baja que parecía una mesa.

«Y ¿qué, si no la quisieras?».

Miró las tumbas mientras yo esperaba. «Bueno, ¡ya sabe qué!». Pero no se movió y dijo entonces algo que hizo que me apoyara en la lápida de piedra como si de repente quisiera descansar. «¿Mi tío piensa lo mismo que *usted*?».

Dejé entrever que estaba descansando. «¿Cómo sabes lo que pienso?».

«Claro, claro, no lo sé. Pero me resulta extraño que nunca me lo diga. Aun así, ¿lo sabe?».

«¿Saber el qué, Miles?».

«¿Qué?, mi comportamiento».

En seguida me di cuenta de que no podía responder a la pregunta sin que eso significara alguna clase de sacrificio a mi patrón. Pero me pareció que en Bly todos habíamos hecho tantos sacrificios que esto era algo venial. «No creo que a tu tío le preocupe de verdad».

Miles, ante esto, se quedó mirándome. «Así que ¿no cree que se le deba avisar?».

«¿Para qué?».

«Para que venga».

«¿Quién le obligará a venir?».

«¡Yo!», dijo el niño con énfasis y alegría extraordinaria. Me dirigió otra mirada cargada con la misma expresión para entrar seguidamente solo en la iglesia.

XV

El asunto quedó prácticamente resuelto desde el momento en que no lo seguí. Fue una rendición penosa a la inquietud, pero el darme cuenta de esto de algún modo impedía que me recuperara. Me senté en la tumba y reflexioné sobre el verdadero significado de lo que nuestro joven amigo me había dicho; cuando comprendí todo también abracé, en ausencia, el pretexto de que me daba vergüenza ofrecer a mis pupilos y al resto de la parroquia un ejemplo así de retraso. Lo que me dije sobre todo fue que Miles me había sacado algo y que el indicador sería este síncope violento. Había averiguado que había algo a lo que yo le tenía mucho miedo, y que él probablemente podría hacer uso de ese miedo para ganar para su propósito más libertad. Mi miedo era el de tener que tratar con la cuestión intolerable de las razones de su expulsión del colegio, pues ese era en realidad todo el asunto y los horrores que se escondían detrás.

Que su tío tuviera que venir para tratar conmigo estas cosas era una solución que, estrictamente hablando, debería haber deseado que se desarrollara; pero apenas podía enfrentarme al horror y al dolor que había en ello,

y por tanto, simplemente pospuse las cosas y estuve viviendo al día. Para mi disgusto, el niño tenía toda la razón, y estaba en condiciones de decirme: «O bien aclara con mi tutor el misterio de la interrupción de mis estudios o deja de esperar que lleve la vida tan anormal para un niño que llevo con usted». Lo que no estaba tan fuera de lo normal para el niño especial que tenía que cuidar era esta repentina revelación de un plan consciente.

Eso fue lo que realmente me superó, lo que me impidió que entrara. Caminé alrededor de la iglesia, inquieta, y a la espera; pensé en que con él ya me había hecho más daño del reparable. Así pues, nada podía arreglar y el esfuerzo era enorme para hacerle un sitio junto a mí en el banco; estaría mucho más seguro que nunca de que podría pasar un brazo por el mío para sentarnos durante una hora juntos en silencio con el comentario de nuestra charla. Por primera vez desde su llegada quise alejarme de él. Parada bajo el ventanal del ala oriental, escuchando las palabras de adoración, sentí un impulso que podía dominarme completamente si le daba la más mínima esperanza. Podía poner fácilmente fin a la dura experiencia si me alejaba de una vez por todas. Era mi oportunidad; nadie podía impedírmelo; podía abandonar todo, darles la espalda y echar el cerrojo. Solo era cuestión de volver con rapidez, para hacer los preparativos, a la casa que, debido al grupo numeroso del servicio que había ido a la iglesia, se había quedado casi vacía. Nadie, en pocas palabras, podría culparme si intentaba huir desesperadamente. ¿Qué significaba marcharse si solo lo haría hasta la hora de la cena? Eso serían un par de horas, tras de las cuales —tuve el presentimiento agudo— mis pequeños pupilos se preguntarían con asombro inocente por qué no estuve en compañía de ellos.

«¿Qué *estuvo* haciendo, traviesa? ¿Por qué nos abandonó en la misma puerta, para preocuparnos y distraernos?». No podía hacer frente a tales preguntas ni, según preguntaban, podía mirar sus hermosos ojos mentirosos; y era eso lo que de manera tan exacta encontraría, por lo que conforme se me fue haciendo más claro el futuro, sucumbí.

Me alejé por lo que se refería a ese momento; salí del patio de la iglesia y, dándole muchas vueltas, volví al parque sobre mis pasos. Me parecía que en el momento de llegar a la casa había tomado una decisión cínica.

La tranquilidad dominical de los exteriores y del interior, donde no encontré a nadie, me dejó el sentimiento de haber elegido un momento oportuno. Si actuaba con premura, saldría sin montar una escena, sin decir una palabra. Mi rapidez tendría que haber sido enorme, sin embargo, y la cuestión de un vehículo era de gran importancia. Atormentada en el recibidor por las dificultades y los obstáculos, recuerdo que me senté al pie de la escalera, derrumbándome repentinamente en el tramo inferior con asco al recordar que fue exactamente allí, más de un mes antes, donde en la oscuridad de la noche y envuelta en pensamientos malignos había visto el fantasma de la mujer más horrible. Ante esto fui capaz de recobrar la compostura; el resto del camino lo hice derecha; me dirigí, envuelta en la confusión, a la clase, donde había cosas mías que quería llevarme. Al abrir la puerta me encontré con que de mis ojos se había desprendido una vez más el velo. Ante la presencia de lo que vi, retrocedí tambaleándome con el fin de resistir.

Sentada a la mesa a la clara luz del mediodía vi a una persona que, sin mi experiencia anterior, habría tomado en un principio por una criada que se habría quedado para cuidar de la casa y que, aprovechando la oportunidad de que no podía observarla y de que disponía de mesa, pluma y papel, se había puesto a escribir una carta a su novio. Había en ello un esfuerzo pues, mientras sus brazos reposaban en la mesa, sus manos, con cansancio evidente, sostenían la cabeza; pero en seguida comprendí de qué se trataba y fui consciente de que, a pesar de mi entrada, su extraña actitud persistía. Fue entonces cuando, con el mismo acto de anunciarse a sí misma, resplandeció su identidad al cambiar de postura. Se levantó, no solo como si me hubiera oído, sino con una inmensa melancolía producida por la indiferencia y el despego y, a una distancia de una docena de pasos, permaneció de pie como mi infame antecesora. Sin honor y trágica, allí estaba delante de mí; pero incluso aunque la miraba para recordarla de memoria, la imagen horrible se desvaneció. Vestida de oscuro como la medianoche, su belleza ojerosa y su lamento impronunciable, me estuvo mirando el tiempo suficiente para que pareciese que decía que tenía tanto derecho a sentarse en mi mesa como yo para sentarme en la suya. Mientras duraron esos instantes sentí un estremecimiento intenso al tener la sensación de ser yo la intrusa. Fue como una protesta salvaje contra lo que le dije: «¡Terrorífica mujer miserable!», me oí rompiendo en una exclamación que, por la puerta abierta, se coló por el corredor hacia la casa vacía. Me miró como si me oyese pero ya me había recuperado y despejado el ambiente. Nada había en la habitación en el momento posterior más que la luz del sol y la sensación de que debía quedarme.

XVI

De tal modo había esperado que el regreso de los otros estuviese marcado por algún comentario que me quedé sorprendida al encontrar que nada decían de mi ausencia. En vez de reñirme y de mimarme, no mencionaron que me habían echado en falta, y me dejaron, durante un tiempo, al darme cuenta de que tampoco ella decía nada, que estudiase la extraña cara de la señora Grose. Lo hice con la intención de asegurarme que de algún modo la habían conminado al silencio; un silencio que, sin embargo, me encargaría de romper en la primera oportunidad que tuviera de estar a solas con ella. Esta oportunidad se presentó antes del té; me encerré con ella cinco minutos en la habitación del ama de llaves, donde, en la penumbra del lugar ordenado y limpio, envuelta en el olor del pan recién horneado, la encontré sentada en apenada placidez ante el fuego. Aún la veo así, y es así como mejor la recuerdo; frente a las llamas en su silla de recto respaldo en la penumbra de la habitación iluminada por el fuego, surgía una imagen nítida de «las cosas en su sitio», de cajones cerrados con llaves y descanso imperturbable.

«Sí, me pidieron que no dijera nada; y para agradarlos, mientras estuviese allí, claro, se lo prometí. ¿Qué le ocurrió?».

«Solo los acompañé a ustedes en el paseo», dije. «Luego tuve que regresar para ver a una amiga».

Mostró sorpresa. «Una amiga, ¿usted?».

«¡Claro, tengo algunas!», me reí. «¿Le dieron alguna razón los niños?».

«¿Para que no mencionase que usted nos había dejado? Sí, dijeron que usted lo preferiría. ¿Lo prefiere?».

Mi rostro la compungió. «¡No, me desagrada!». Pero al instante añadí: «¿Dijeron por qué lo tenía que preferir?».

«No, el señorito Miles solo dijo: "No debemos hacer más que lo que le guste"».

«*¡Ojalá fuese* así! ¿Y Flora, qué dijo?».

«La señorita Flora estuvo tan dulce. Dijo: "¡Por supuesto, por supuesto!", y yo lo corroboré».

Pensé un momento. «También usted fue muy dulce, puedo imaginármelos. Pero aun así, entre Miles y yo ya no hay nada».

«¿Nada?». Mi compañera abrió los ojos con sorpresa.

«¿Por qué, señorita?».

«Por todo. No importa. He tomado una determinación. Me volví a casa, querida», proseguí, «para hablar con la señorita Jessel».

Había cogido la costumbre de preparar con antelación a la señora Grose antes de descubrirle mis planes; así que incluso ahora, mientras parpadeaba con coraje ante lo que le había dicho, pude lograr que se mantuviese firme. «¡Una charla! ¿Quiere decir que habló?».

«Llegó a eso. La encontré al regresar en la clase».

«¿Qué le dijo?», aún puedo oír a la buena mujer y la franqueza de su estupefacción.

«Que sufre un tormento...».

Era esto, en verdad, lo que le hizo boquear mientras describía la escena. «¿Me está hablando», vaciló, «de los perdidos?».

«De los perdidos. De los malditos. Y por eso, para compartirlos». Vacilé ante el horror.

Mi compañera, menos imaginativa, se acercó. «¿Para compartirlos?».

«Busca a Flora». La señora Grose bien podría, al decírselo, haber huido si yo no hubiese estado preparada. La sostuve para demostrarle que sí lo estaba. «Ya le he dicho, de todos modos, que no importa».

«¿Por qué ha tomado una determinación? ¿Con respecto a qué?».

«A todo».

«¿A qué llama *todo*?».

«A avisar a su tío».

«Señorita, por el amor de Dios, hágalo».

«¡Lo voy a hacer, lo voy a *hacer*! Es la única salida que tenemos. Si todo está aclarado con Miles, como le he dicho, es porque piensa que tengo miedo y sospecha lo que gana con ello; se dará cuenta de que está equivocado. Sí, sí. Su tío verá aquí sobre el terreno, y ante el niño si es preciso, que no hay nada que reprocharme por no haber hecho nada más en relación con el colegio».

«Sí, señorita», mi compañera me presionó.

«Bueno, hay una razón horrible».

Había en ese momento tantas para mi pobre colega que se le podía excusar por ser imprecisa. «¿Pero... cuál?».

«La carta de su antiguo colegio».

«¿Se la va a enseñar al señor?».

«Debería de haber hecho eso en aquel mismo momento».

«¡No!», dijo la señora Grose con decisión.

«Le dejaré claro», proseguí inexorable, «que no puedo hacerme cargo de un asunto en nombre de un niño que ha sido expulsado».

«¡Nunca hemos sabido las razones!», argumentó la señora Grose.

«Por maldad. ¿Por qué si no, si es tan inteligente y tan hermoso y tan perfecto? ¿Acaso es estúpido?, ¿o sucio?, ¿o está enfermo?; ¿es de mal carácter?». «Es exquisito, así pues solo puede ser por eso; eso aclara el resto. Después de todo», dije, «es culpa de su tío. ¡El haber dejado aquí a semejante gente!».

«Nunca llegó a conocerlos del todo. La culpa es mía». Se había puesto completamente pálida.

«Bueno, no sufra por eso», respondí.

«Ni los niños», replicó con énfasis.

Me quedé en silencio un rato; nos miramos. «¿Qué le digo entonces?».

«No tiene que decirle nada. *Yo* se lo diré».

Evalué esto. «¿Quiere decir que usted le escribirá?». Al recordar que no sabía, me vi cogida. «¿Cómo se comunican?».

«Se lo digo al mayordomo. Él le escribe».

«¿Y no le importa que escriba nuestra historia?».

Mi pregunta tenía un toque de sarcasmo que no era intencionado y que hizo que se derrumbase inconsecuentemente después de un rato. Las lágrimas afluyeron de nuevo a sus ojos. «¡Señorita, escriba *usted*!».

«Bueno, esta noche», respondí por fin; y con esto nos separamos.

XVII

Por la noche llegué al punto de emprender un nuevo comienzo. El tiempo había vuelto a empeorar, el viento soplaba con fuerza fuera, y bajo la lámpara de mi habitación, con Flora dormida a mi lado, me senté largo rato ante una hoja en blanco escuchando el golpeteo de la lluvia y el viento. Finalmente, salí con una vela en la mano. Crucé el corredor y escuché un minuto ante la puerta de Miles. Lo que en mi infinita obsesión quería escuchar era una indicación de que no dormía, y obtuve una, pero no en la forma en que esperaba. Su voz tintineó. «Oiga, usted; entre». ¡Fue una alegría en medio de tanta oscuridad!

Entré con la vela y lo encontré en la cama, muy despierto pero a la vez muy tranquilo. «Bueno, ¿y qué se *le* ofrece a estas horas?», preguntó con un toque de sociabilidad en el que pensé que, de haber estado presente la señora Grose, podría haber encontrado algo que estuviera «fuera de lugar».

Me quedé de pie con la vela en la mano. «¿Cómo sabías que estaba ahí?».

«Cómo no, la oí. ¿Cree que no hizo ruido? ¡Parece un escuadrón de caballería!», se rio con ganas.

«Así pues, ¿no dormías?».

«No. Estaba despierto y pensando».

Había puesto la vela a propósito poco alejada, y luego, al extenderme su mano en son de amistad, me había sentado en el filo de la cama. «¿En qué», le pregunté, «pensabas?».

«¿En qué va a ser, querida, más que en *usted*?».

«Bueno, es un orgullo que me tengas aprecio, pero, aun así, preferiría que te durmieses».

«Bueno, sabe, también pienso en ese asunto nuestro tan extraño».

Me di cuenta de lo fría que tenía su firme manita. «¿Qué asunto extraño?».

ALMA CLÁSICOS ILUSTRADOS

978-84-18933-52-3

978-84-18933-55-4

978-84-18933-53-0

978-84-18933-54-7

978-84-18395-62-8

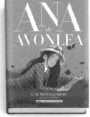

978-84-18395-83-3

9788418933479_3d

978-84-18933-89-9

978-84-18395-56-7

978-84-18395-80-2

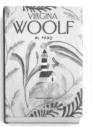

978-84-18395-55-0

978-8418395-81-9

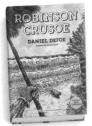

978-84-18395-63-5

978-84-18933-26-4

978-84-18395-84-0

978-84-18395-57-4

978-84-18933-73-8

978-84-18933-93-6

978-84-15618-78-2

978-84-18395-18-5

978-84-18008-12-2

¡Descubre
TODOS
nuestros
clásicos
ilustrados!

978-84-18008-17-7

978-84-18395-33-8

978-84-18395-85-7

978-84-18395-98-7

978-84-18395-29-1

978-84-18933-27-1

978-84-18395-68-0

978-84-18933-01-1

978-84-18933-39-4

Alma Clásicos Ilustrados
reúne una selección de la mejor literatura
universal; desde Shakespeare a Poe,
de Jane Austen a Tolstoi, pasando por Lao Tse
o los hermanos Grimm, esta colección ofrece
clásicos para entretener e iluminar a lectores
de todas las edades e intereses.

Esperamos que estas magníficas
ediciones ilustradas te inspiren para recuperar
ese libro que siempre has querido leer,
releer ese clásico que te entusiasmó
o dar una nueva oportunidad a uno que quizás
no tanto. Libros cuidadosamente editados,
traducidos e ilustrados para disfrutar del placer
de la lectura con todos los sentidos.

www.editorialalma.com

 @almaeditorial

«El modo en que me educa. ¡Y todo lo demás!». Contuve un segundo la respiración, e incluso a la luz vacilante de la vela pude ver que me sonreía desde la almohada. «¿Qué quieres decir con el resto?».

«¡Ya lo sabe, ya lo sabe!».

No supe qué decir durante un rato aunque sentí, mientras sujetaba su mano y nuestros ojos se encontraban, que con mi silencio admitía su acusación y que nada en el mundo real era en ese momento quizá tan fabuloso como nuestra relación actual. «Qué duda cabe de que volverás al colegio», le dije, «si es eso lo que te preocupa. Pero no al antiguo, tenemos que encontrar otro mejor. ¿Cómo iba a imaginar que te preocupaba este asunto cuando nunca me lo has comentado?». Su cara atenta, enmarcada por una blancura tersa, lo volvió tan atractivo como un paciente melancólico en un hospital de niños; y habría dado, en cuanto aprecié el parecido, todo lo que tenía por ser la enfermera o la hermana de la caridad que hubiese ayudado a curarlo. ¡Incluso en mi situación podía ayudarlo!

«¿Sabes que nunca me has dicho nada acerca del colegio, querido, me refiero al antiguo, que nunca lo has mencionado?». Pareció sorprenderse; sonrió con el mismo encanto. Pero claramente trataba de ganar tiempo; esperó, buscó algo que lo guiara. «¿Nunca?». ¡No era *yo* la que podía ayudarlo, sino lo que yo había encontrado!

Algo en el tono y en la expresión de su rostro, mientras le escuchaba, me hirió el corazón con una punzada que hasta entonces no había sentido; era tan impresionantemente conmovedor ver su joven mente extrañada y sus recursos fingiendo, bajo el apuro en que estaba, inocencia y coherencia. «No, nunca desde el momento en que regresaste. Nunca me has nombrado a ninguno de tus profesores, ni a ninguno de tus compañeros, ni nada de lo que te ocurrió en el colegio. Nunca, joven Miles, nunca me has contado lo más mínimo de nada que haya *podido* ocurrirte allí. Así que ya puedes imaginarte que estoy en la oscuridad. Hasta que lo revelaste esta mañana de ese modo, desde el primer momento en que te vi apenas has hecho ningún comentario a nada de tu pasado. Dabas la impresión de aceptar el presente a la perfección». Era extraordinario *cómo* la convicción absoluta que tenía de su secreta precocidad —o como quiera que se llamara el veneno de la influencia de la que solo me atreví a decir la mitad—, a pesar del aliento débil de su trastorno interior, hizo que pareciese una persona mayor, y me obligó a tratarlo como a un igual inteligente. «Pensé que querías seguir como hasta ahora».

Me sorprendió que ante esto se ruborizase levemente. De cualquier modo, dando la impresión de ser un enfermo convaleciente algo fatigado, asintió débilmente con la cabeza.

«No quiero, no quiero. Quiero marcharme».

«¿Estás cansado de Bly?».

«No, Bly me gusta».

«¿Entonces...?».

«Ya *sabe* lo que un niño necesita».

Vi que no lo sabía tan bien como Miles y me refugié temporalmente: «¿Quieres ir con tu tío?».

Una vez más, ante esto, con su cara dulce e irónica, hizo un gesto en la almohada. «¡No puede quitárselo de la cabeza!».

Me quedé en silencio un rato, y ahora fui yo, creo, la que cambió de color. «Querido, ¡no quiero quitármelo!».

«No podría ni aunque quisiera. ¡No podría, no!», me miraba hermoso desde la cama. «Mi tío tiene que venir y ustedes deben poner las cosas en claro».

«Si lo hacemos», le repliqué con cierto interés, «no dudes que será para llevarte muy lejos».

«¿No comprende que es eso exactamente lo que estoy intentando? ¡Tiene que *decírselo* a él, el modo en que usted ha dejado que todo empeore!; ¡tiene muchísimo que contarle!».

El alborozo con que dijo esto me ayudó en cierto modo para que en ese momento me enfrentara a él. «¿Y cuánto tienes que contarle *tú*? ¡Habrá cosas que te pregunte!».

Me respondió. «Seguramente. Pero ¿qué cosas?».

«Las cosas que nunca me has contado. Para que sepa qué ha de hacer contigo. No te puede mandar de vuelta».

«¡No quiero volver!», repuso con fuerza. «Quiero una nueva oportunidad».

Lo dijo con admirable serenidad, con auténtica alegría imposible de censurar; y, sin duda, esa era la nota que más me recordaba el patetismo, la tragedia infantil no natural, de su probable reaparición al cabo de tres meses con toda su bravuconería y su deshonor. Me sobrecogió que nunca sería capaz de soportar eso y me dejé llevar. Me eché en sus brazos y en la ternura de mi pena lo abracé. «¡Querido Miles!, ¡querido Miles!».

Mi cara estaba pegada a la suya, y me dejó que lo besara, tomándoselo con buen humor e indulgencia. «¿Qué, señora mía?».

«¿No hay nada, nada de verdad, que quieras contarme?».

Su cara se ensombreció un poco, se volvió hacia la pared y la tapó con la mano para dar la impresión de uno de esos niños enfermos. «Ya se lo he contado esta mañana».

Sentí pena por él. «¿Que no quieres que te moleste?». Me miró como para reconocer que lo entendía; luego, gentil como siempre, «para que me deje a solas», replicó. Había una extraña dignidad en ello, algo que me hizo soltarlo y aun así, una vez puesta de pie, permanecer junto a él. Dios sabe que nunca *quise* acosarlo, sino que sentí que darle la espalda en esto era abandonarlo o, para ser más sincera, perderlo. «Me he puesto a escribir a tu tío», le dije.

«Bueno, ¡pues acabe!».

Esperé un segundo. «¿Qué ocurrió antes?». Me volvió a mirar. «¿Antes de qué?».

«Antes de que regresaras. Y antes de que te marchases».

Permaneció en silencio un buen rato sin apartar la mirada de mí. «¿Qué ocurrió?».

El sonido de las palabras hizo que por primera vez, al menos así me lo pareció, percibiese un débil temblor en el asentimiento consciente, hizo que me pusiera de rodillas ante la cama y tuviera una vez más la posibilidad de abrazarlo. «Querido Miles, querido Miles, ¡si *supieses* cuánto deseo ayudarte! Es eso, solo eso y preferiría morir a hacerte daño, preferiría morir a dañarte lo más mínimo. Querido Miles», lo dejé escapar todo aunque *fuese* demasiado lejos, «¡solo quiero ayudarte para que te salves!». Pero en seguida supe que había ido demasiado lejos. La respuesta a mi llamada

95

fue instantánea, y vino en la forma de un frío y un golpe extraordinarios, un golpe de aire helado y una sacudida en la habitación tan grande como si, con el viento desatado, la ventana se hubiese hecho añicos. El niño dio un sonoro chillido que, perdido entre la confusión del ruido, podría haber parecido, indistintamente, aunque me encontraba cerca de él, tanto una nota de júbilo como de terror. Me puse de golpe de pie y fui consciente de la oscuridad. Así permanecimos durante un rato, mientras miraba a mi alrededor y veía las cortinas que no se movían y la ventana firmemente cerrada. «¡La vela se ha apagado!», grité.

«¡Fui yo el que sopló, querida!», dijo Miles.

XVIII

Al día siguiente, después de las lecciones, la señora Grose encontró un rato para decirme con calma: «¿Le ha escrito ya, señorita?».

«Sí, le he escrito». Pero entonces no añadí que la carta, cerrada y con la dirección escrita, estaba aún en mi bolsillo. Ya habría tiempo de entregarla antes de que el mensajero tuviese que ir al pueblo. Mientras tanto, por lo que se refiere a mis pupilos no hubo mañana más brillante ni más ejemplar. Era exactamente como si los dos desearan de corazón pasar por alto cualquier mínima fricción reciente. Llevaron a cabo las proezas más sobresalientes en aritmética, elevándose por encima de *mi* bajo nivel, y perpetraron, con más ilusión que nunca, bromas geográficas e históricas. Era llamativo sobre todo en Miles, que parecía deseoso de mostrarme con qué facilidad podía derrotarme. El niño, según lo recuerdo, vivía en un escenario hermoso y miserable que no pueden reflejar las palabras; había una distinción completamente suya que se revelaba en cada movimiento suyo; nunca una criatura pequeña y natural para la mirada no avisada, cándida y libre fue un caballero joven tan ingenioso y sobresaliente. Tenía que estar constantemente en guardia para que mi mirada acostumbrada no me traicionara al contemplarlo; comprobar la mirada irrelevante y el suspiro desalentador con los que atacaba y renunciaba al enigma de lo que un caballero como él podría haber hecho que mereciese tal castigo. Digamos que, por el

oscuro prodigio que conocía, la imaginación de todo mal se *hallaba* abierta ante él; el sentido de la justicia que yo guardaba me dolía ante el hecho de que podría haberse materializado en algún acto.

Nunca fue en verdad tan caballero como cuando, tras la temprana cena de aquel día espantoso, se acercó a mí y me preguntó si no me gustaría que tocásemos una media hora. David retando a Saúl no habría demostrado una intuición más adecuada ante la ocasión. Fue una primorosa muestra de tacto y de magnanimidad, y equivalía a decir sin ambages: «A los verdaderos caballeros, de los que tanto nos gusta leer, nos encanta saber que nunca llevamos muy lejos los privilegios. Sé lo que quiere decir; se refiere a que, para que la dejemos en paz y no la sigamos, dejará de preocuparse por mí y de espiarme, no me tendrá tan cerca de usted, dejará que vaya y venga. Pues bien, *vengo*, ya ve, ¡pero no me voy! Ya habrá tiempo para ello. Me encanta que estemos juntos y solo quiero mostrarle que he tenido que pelear por establecer unos principios». Puede imaginar si resistí o sucumbí ante el reto de volver a acompañarlo, los dos juntos, de la mano, a la clase. Se sentó al piano viejo y tocó como nunca; y si alguien piensa que habría estado mejor dando puntapiés a una pelota, solo puedo añadir que estoy totalmente de acuerdo. Pues al cabo de un rato había dejado de medir su influencia y volví en mí con la idea extraña de haberme quedado dormida en mi puesto de guardia. Fue después de la comida, junto al fuego de la clase, y sin embargo, no me había dormido en absoluto; había hecho algo mucho peor, me había olvidado. ¿Dónde había estado Flora durante todo este rato? Cuando le pregunté a Miles, siguió tocando un rato antes de responder, y entonces solo dijo: «Bueno, querida, ¿cómo *puedo* saberlo?», estallando, además, en una carcajada alegre que inmediatamente después, como si fuera un acompañamiento vocal, prolongó en una canción incoherente y vaga.

Me dirigí a mi habitación, pero no estaba allí su hermana; entonces, antes de bajar las escaleras, miré en otras. Como no estaba en ningún lugar, pensé que con toda seguridad estaría con la señora Grose, a quien me dispuse a buscar tranquilizada con esa idea. La encontré donde la había encontrado la noche anterior, aunque esta vez me miró con ignorancia

temerosa. Solo había supuesto que, tras la comida, me había llevado a los dos niños; en lo cual tenía razón, pues era la primera vez que dejaba a la niña lejos de mi vista sin las precauciones necesarias. Por supuesto que ahora podía estar con las criadas, así pues había que buscarla sin mostrar la más mínima señal de alarma. Así lo dispusimos entre las dos con prontitud; pero cuando, diez minutos más tarde y tal como había establecido, nos encontramos en el recibidor, fue para informarnos de que tras minuciosas búsquedas no habíamos sido capaces de encontrarla. Durante un rato, sin ser observadas, intercambiamos silenciosas alarmas, y sentí el gran interés con que mi amiga me devolvió todas las que le había dado en primer lugar.

«Estará arriba», dijo en seguida, «en una de las habitaciones en las que no ha buscado».

«No, está lejos». Estaba segura. «Ha salido».

La señora Grose se quedó mirándome. «¿Sin sombrero?».

Mi mirada también fue reveladora. «¿Esa mujer no acostumbraba a no llevar sombrero?».

«¿Está con *ella*?».

«¡Está con *ella*!», asentí. «Tenemos que encontrarlas». Tenía la mano sobre el brazo de mi amiga, pero fue incapaz, confrontada con el relato del asunto, de responder al instante a mi presión. Por el contrario, permaneció intranquila donde estaba. «¿Y dónde está el señorito Miles?».

«Está con Quint. Estarán en la clase».

«¡Por Dios, señorita!». Mi aspecto —era consciente de ello, y por tanto me imagino que también mi tono— nunca había alcanzado una calma tan tranquilizadora.

«Me han engañado», proseguí; «han llevado a cabo con éxito su plan. Encontró un modo divino de mantenerme tranquila mientras ella salía».

«¿Divino?», repitió alarmada la señora Grose.

«¡Infernal, si no!», repliqué casi con gozo. «También le ha ido a él bien. ¡Pero venga!».

Miró indefensa y con tristeza a las habitaciones de arriba.

«¿Le deja…?».

«¿Tanto tiempo con Quint? Sí, ahora eso no me importa».

Terminó entonces por cogerme de la mano, y de este modo poder seguir junto a mí. Pero tras vacilar un segundo ante mi repentina resignación, «¿por la carta?», dijo con ansiedad.

Busqué en seguida la carta a modo de respuesta, la saqué, la sostuve y, liberándome de nuevo, fui a dejarla en la consola de la entrada. «Luke la llevará», dije al volver. Me acerqué hasta la puerta de la casa, la abrí y anduve hasta los escalones.

Mi compañera aún vaciló; la tormenta de por la noche y de por la mañana temprano había cesado, pero la tarde estaba húmeda y gris. Descendí hasta el camino mientras ella se quedaba en el umbral. «¿No se pone nada para salir?».

«¿Qué me importa eso cuando la niña no lleva nada? No puedo perder el tiempo en vestirme», grité, «y si usted lo hace, la dejo ahí. Busque mientras tanto arriba».

«¿Con *ellos*?». Con esto la pobre mujer se unió a mí.

XIX

Nos encaminamos al lago, así se le llama en Bly, y puedo decir que acertadamente, aunque podría parecer una extensión de agua menos notable de lo que mis inexpertos ojos suponían. Mi experiencia en lagunas era reducida, y el estanque de Bly, en las pocas veces que di mi consentimiento, bajo la protección de mis pupilos, para afrontar su superficie desde el viejo bote de vientre plano que se encontraba amarrado para que lo utilizáramos, me había impresionado por su extensión y sus aguas agitadas. El lugar corriente para embarcarse se encontraba a media milla de la casa, pero tenía la íntima convicción de que donde Flora estaba no era cerca de casa. No le había sorprendido nunca ningún plan de aventura y, desde el día de aquella verdaderamente grande que compartí con ella junto a la laguna, había estado atenta durante nuestros paseos a qué lado le atraía más. Por eso mismo había imprimido a los pasos de la señora Grose una dirección tan marcada, una dirección que la llevaba, cuando se dio cuenta, a manifestar una resistencia que me demostró que estaba perpleja. «¿Va a la laguna, señorita?, ¿cree que está *ahí*?».

«Puede que esté, aunque creo que no es muy profunda en ninguna de sus partes. Pero lo más probable es que se encuentre en el lugar desde donde el otro día vimos juntas lo que ya le he contado».

«¿Cuando hizo como que no veía...?».

«¡Con un autocontrol que me dejó perpleja! Siempre he intuido que quería volver sola. Y el hermano se las ha apañado para que lo consiga».

La señora Grose seguía sin moverse de donde estaba.

«¿Cree que *hablan* de ellos?».

¡Lo podía asegurar sin problemas! «Dicen cosas que, si las oyésemos, nos horrorizarían».

«Y si ella *está* allí...?».

«¿Sí?».

«¿Está entonces la señorita Jessel?».

«Sin duda alguna. Ya lo verá».

«¡Por Dios!», exclamó mi amiga, tan firmemente plantada que, pensándolo, me fui sin ella. Cuando llegué a la laguna, sin embargo, estaba detrás de mí, y supe que, me ocurriera lo que me ocurriese, a pesar de su miedo, el estar junto a mí le parecía lo menos peligroso. Dejó escapar un suspiro de alivio cuando por fin alcanzamos a ver la mayor extensión de agua sin que la niña hubiese aparecido. No había rastro de Flora en el lado más cercano de la orilla, allá donde al observarla había quedado más sorprendida, ni tampoco en el lado opuesto donde, a excepción de un margen de unas veinte yardas, un bosquecillo llegaba hasta la laguna. Esta extensión, de forma oblonga, era tan estrecha si se comparaba con su longitud que, con un extremo fuera de nuestro campo de visión, podría haber pasado por un río de poca corriente. Miramos el tramo vacío y sentí entonces la insinuación de los ojos de mi amiga. Entendí lo que me quería indicar y repliqué con un movimiento de negación con la cabeza.

«¡No, no, espere! Se ha llevado el bote».

Mi compañera miró el lugar vacío del embarque y luego al lago. «¿Y dónde está?».

«El que no lo veamos es la mejor de las pruebas. Lo ha cogido para ir allá y luego lo ha escondido».

«¿Sola, la niña?».

«No está sola, y a veces no es una niña, es una mujer mayor». Recorrí con la vista las zonas visibles de la orilla mientras la señora Grose volvía a hundirse, a consecuencia del panorama absurdo que le ofrecía en uno de sus períodos de sumisión; le señalé que el bote podía perfectamente encontrarse en el pequeño refugio formado por uno de los recesos del estanque, un entrante escondido en la parte más cercana, gracias a una proyección de la orilla y por un grupo de árboles que crecían cerca del agua.

«Pero si el bote está allí, ¿dónde está ella?», preguntó ansiosa mi colega.

«Eso es precisamente lo que debemos averiguar». Y comencé a caminar hacia allá.

«¿Dando toda la vuelta?».

«Claro que sí, a pesar de lo lejos que está. Nos llevará diez minutos, y aun así está lo suficientemente lejos como para que la niña prefiriese no andar. Fue directa».

«¡Por Dios!», volvió a exclamar mi amiga; la ilación de mi razonamiento era demasiado rara para ella. La llevé con calma a mi lado, y cuando habíamos cubierto la mitad del camino —un proceso tortuoso y agotador por un camino pedregoso y recubierto de malezas— me detuve para que se recuperara. La sostuve del brazo con suavidad, asegurándole que podía serme de gran ayuda, con lo que reanudamos el camino; al poco tiempo llegamos a un punto desde el que vimos que el bote estaba donde había supuesto. Lo había dejado intencionadamente lo más escondido que había podido a la vista y estaba atado a un poste de la valla que llegaba, justo allí, hasta la orilla y que la había ayudado a desembarcar. Reconocí, en cuanto vi los dos remos cortos y gruesos, bien guardados, el carácter prodigioso de la hazaña de la niña; pero para entonces ya había estado demasiado tiempo rodeada de maravillas y había contenido el aliento ante demasiados fenómenos más llamativos.

Había una cancela en la valla por la que pasamos y que nos condujo tras un intervalo mínimo a un espacio abierto. Fue entonces cuando las dos exclamamos al unísono: «¡Allí está!».

Un poco más allá Flora estaba sobre la hierba y sonreía como si la representación ahora hubiese tocado a su fin. Lo siguiente que hizo, sin embargo, fue agacharse y arrancar —como si fuese eso para lo que ella estaba allí— un enorme manojo de helecho mustio. Sentí que acababa de salir del bosquecillo. Nos esperó sin dar un paso y consciente de la rara solemnidad con que nos acercamos. Sonreí y sonreía, y llegamos hasta donde ella estaba, haciéndolo todo en un silencio esta vez flagrantemente ominoso. La señora Grose fue la primera en romper el encantamiento; se puso de rodillas y, llevando a la niña hasta su pecho, abrazó largo rato el cuerpecillo agotado. Mientras duró la silenciosa agitación solo pude observarla, lo cual hice con gran atención al ver que Flora me miraba por encima del hombro de mi compañera. Estaba seria, el resplandor había desaparecido, pero el dolor de envidia que en ese momento sentí ante la sencillez de su relación que la unía a la señora Grose aumentó. Durante ese rato nada ocurrió sino que Flora dejó que el absurdo manojo de helecho cayera de su mano. Lo que ella y yo nos habíamos dicho fue que ya no servían de nada los pretextos. Cuando por fin la señora Grose se levantó, siguió agarrada a la mano de la niña, quedando las dos quietas ante mí; la reticencia singular de nuestra unión se marcaba más ahora en la cándida mirada que me dirigió. «Que me ahorquen», dijo, «si digo algo».

Fue Flora la primera que lo hizo mientras me miraba con asombro franco.

Estaba sorprendida por nuestro aspecto desaliñado.

«¿Dónde han dejado sus cosas?».

«¡Y las suyas, querida!», le repliqué al punto.

Había recuperado su alegría y parecía tomarse esto como una respuesta suficiente. «¿Dónde está Miles?», prosiguió.

Había algo en el pequeño valor de ese acto que me desarmó; sus tres palabras fueron un resplandor como el brillo de una espada desenfundada o el empujón a la copa que durante semanas había sostenido con fuerza y llena hasta el borde que ahora, incluso antes de hablar, sentí que se desbordaba en grandes cantidades. «Te lo diré si *me* lo dices», me escuché diciendo, y luego oí el temblor en que salió envuelto.

«¿El qué?».

El suspense de la señora Grose resplandeció ante mí, cuando ya era demasiado tarde, y repliqué con elegancia: «Cariño, ¿dónde está la señorita Jessel?».

XX

Al igual que en el cementerio de la iglesia con Miles, el asunto estaba ante nosotros. Por mucho que me había preocupado de que el nombre nunca fuese pronunciado entre nosotras, el brillo fugaz y gozoso con que la cara de la niña lo recibió me llevó a comparar la ruptura de mi silencio con el estallido de una hoja de cristal. Se añadía al grito interpuesto, como si quisiera detener el estallido, el que la señora Grose al mismo tiempo lanzó por encima de mi furia el chillido de una criatura aterrorizada, o más bien herida, que a su vez en apenas unos segundos se completó con un grito sofocado mío. Agarré a mi colega por el brazo. «¡Está allí, allí!».

La señorita Jessel estaba ante nosotras en la orilla opuesta al igual que la vez anterior, y extrañamente recuerdo que lo primero que sentí fue la gozosa emoción de tener ante mí la prueba. Estaba allí, y por tanto yo estaba justificada; estaba allí, así que ni era cruel ni estaba loca. Estaba allí por la pobre señora Grose aterrorizada, pero sobre todo estaba por Flora; y no hubo momento más extraordinario dentro de lo monstruoso que aquel en que conscientemente le espeté —con el sentido de que, pálido y voraz demonio como era, lo cogería y entendería— un mensaje inarticulado de gratitud. Se encontraba erguida en el lugar que mi amiga y yo habíamos dejado hacía poco, y no hubo en toda la extensión de su deseo una pizca de su maldad que fuera insuficiente. La viveza primera de la visión y la emoción fueron cosa de segundos, durante los que la mirada aturdida e intermitente de la señora Grose hacia donde yo le apuntaba me sorprendieron como mostrándome que por fin ella también veía, al igual que dirigía mis ojos precipitadamente a la niña. La revelación del modo en que Flora se hallaba afectada me sobresaltó en verdad más de lo que lo hubiera hecho de encontrarla simplemente agitada, pues verla consternada no era por

supuesto lo que yo esperaba. Preparada y en guardia como consecuencia de nuestra búsqueda, reprimía cualquier signo que pudiera delatarla, y me alarmó ver algo con lo que no había contado. Verla sin que su carita sonrosada mostrara ningún gesto, ni siquiera fingiese mirar en la dirección del prodigio que le había anunciado, sino que solo en vez de eso *me* dirigiese una expresión de fuerte gravedad silenciosa, una expresión absolutamente nueva y sin precedentes y que parecía leer y acusar y juzgarme; esto era un golpe que de algún modo convertía a la niña en una figura portentosa. Me quedé boquiabierta ante su frialdad incluso aunque mi certeza de que la veía con total claridad nunca fue más grande que en ese momento y en seguida, llevada por la necesidad de defenderme, llamé su atención para que fuera testigo. «¡Allí está, pequeña infeliz, allí, allí, *allí*, la ves tan bien como a mí!». Poco antes le había dicho a la señora Grose que en esos momentos no era una niña, sino una anciana, y mi descripción no podría haber sido confirmada de manera más sorprendente que por el modo en que, por toda noticia ante esto, me mostró simplemente, sin una concesión ni una admisión expresiva, un rostro de reprobación cada vez más marcada que repentinamente se fijaba. Por entonces estaba —si puedo resumir la situación en una palabra— más horrorizada ante lo que puedo llamar con propiedad su comportamiento que ante ninguna otra cosa, aunque casi simultáneamente me percaté de que la señora Grose también, y de manera formidable, la tenía en cuenta. Mi compañera mayor, al momento siguiente, ocultó todo excepto su cara enrojecida y su protesta en alta voz, un estallido de total desaprobación. «¡Qué broma más horrorosa, sin duda alguna, señorita! ¿Dónde ve usted algo?».

Solo supe agarrarla con mayor firmeza pues incluso mientras hablaba la presencia espantosa permanecía inalterable sin mostrar miedo. Duraba ya un minuto y continuó mientras yo seguía agarrando a mi colega, más bien empujándola hacia ella y presentándosela, insistiendo con el dedo que apuntaba a ella. «¿No la ve exactamente igual a como la vemos *nosotras?*, no me dirá *ahora* que no, ¿no? ¡Es tan enorme como la llama de un fuego! Solo tiene que mirar, querida, *¡mire!*». Miró, al igual que yo, y me dio, con un gemido de negación, de repulsión, de compasión —mezcla de su pena por el

alivio ante la exención—, un sentimiento, que incluso me afectó, de que me habría apoyado de haber sido capaz. Podría haberlo necesitado, pues con este golpe tan fuerte que probaba que sus ojos estaban desesperadamente sellados sentí que mi situación se derrumbaba, sentí —*vi*— que mi pálida predecesora se envanecía, desde su posición, de mi derrota y me di cuenta sobre todo a lo que desde ese momento tendría que enfrentarme con el comportamiento de Flora. La señora Grose adoptó esta actitud de inmediato y con violencia, simulando, incluso cuando un prodigioso triunfo personal atravesó mi sensación de ruina, una tranquilidad pasmosa.

«¡No está allí, señorita, no hay nadie, nunca ve nada, cariño! ¿Cómo podría la pobre señorita Jessel...?, ¿si está muerta y enterrada? Lo *sabemos*, ¿no es así, cariño?», y se dirigió, entrando a saco, a la niña. «No es más que una simple equivocación, ganas de preocuparse y una broma, ¡y en cuanto podamos irnos volvemos a casa!».

Nuestra compañera, al oír esto, respondió con un veloz gesto de remilgo, y de nuevo se encontraron unidas, con la señora Grose a sus pies, en curiosa oposición contra mí. Flora siguió mirándome con su máscara falta de afecto, e incluso en ese instante recé a Dios para que me perdonara por haber creído ver que, mientras estaba allí agarrando el vestido de nuestra amiga, su incomparable belleza infantil había disminuido casi hasta desvanecerse. Ya lo he dicho, literalmente estaba horriblemente horrorosa; se había vuelto vulgar y casi fea. «No sé a lo que se refiere. No veo a nadie. No veo nada. Nunca *la* he *visto*. Creo que es usted cruel. ¡No me gusta!». A continuación, tras esta liberación, que podría haber sido la de una vulgar niña descarada de la calle, se agarró a la señora Grose con más fuerza y escondió en la falda de esta su carita espantosa. En esta posición lanzó un lamento casi furioso. «¡Lléveme lejos, lléveme lejos, lejos de *ella*!».

«¿De *mí*?», resollé.

«De usted, de usted!», gritó.

Incluso la señora Grose me miró consternada; mientras tanto a mí solo me quedaba comunicarme con la figura que, en la orilla opuesta sin un movimiento, inmóvil y rígida como si estuviera escuchando nuestras voces sin que contara la distancia, estaba allí de manera tan vívida para mi horror;

como no lo estaba para servirme de algo. La maldita niña había hablado exactamente como si hubiera cogido de una fuente externa cada una de las palabras que parecían puñaladas y yo no pudiese por tanto, en plena desesperación por todo lo que tenía que aceptar, más que mover la cabeza ante ella en signo de consentimiento. «Si alguna vez hubiese dudado toda mi duda habría desaparecido al instante. He estado viviendo con la verdad miserable, y ahora se ha cerrado demasiado en torno a mí. Por supuesto te he perdido, he interferido, como has visto, bajo su dictado», con lo que me encaré una vez más, desde el otro lado del estanque, a nuestra infernal testigo, «el modo fácil y perfecto para conseguirlo. Lo he hecho lo mejor que he podido, pero te he perdido. Adiós». Para la señora Grose tenía un imperativo, un «¡váyase, váyase!» casi rabioso ante el cual, en una angustia infinita, pero de la manera muda y poseída de la niña y claramente convencida, a pesar de su ceguera, de que algo horrible había ocurrido y que al caer nos había sepultado, rehízo tan rápido como pudo el camino por el que habíamos llegado.

De lo primero que ocurrió cuando estuve a solas no tengo memoria. Solo supe que al cabo de lo que supongo un cuarto de hora, un olor a humedad y cierta dureza, que había enfriado y perforado mi problema, me había hecho comprender que debía haberme arrojado al suelo y haber dado rienda suelta a un dolor desesperado. Debí estar allí tirada largo tiempo, gritando y llorando, pues cuando alcé la cabeza ya casi había oscurecido. Me levanté y miré un rato en el crepúsculo vespertino el estanque gris y su borde frecuentado por fantasmas para retomar de vuelta a casa el camino difícil y deprimente. Cuando llegué a la cancela de la valla, el bote, para sorpresa mía, había desaparecido, lo que me llevó a reflexionar sobre el extraordinario dominio que Flora tenía de la situación. Pasó la noche, bajo un acuerdo tácito y, podría añadir si la palabra no resultase tan grotesca, feliz con la señora Grose. No vi a ninguna de las dos a mi regreso, pero en cambio, como si se tratase de una compensación ambigua, vi bastante a Miles. Lo vi, no puedo usar otra expresión, más veces que nunca. Ninguna de las noches que había pasado en Bly iba a tener el portentoso carácter de esta, a pesar de lo cual, y a pesar también de la profunda consternación abierta bajo mis pies, había

en el presente reflujo una triste dulzura extraordinaria. Al llegar a casa no había intentado siquiera saber dónde estaba él; me había dirigido directamente a mi habitación para cambiarme y pensar de un solo golpe en todo el testimonio concreto de la ruptura de Flora. Sus pequeñas pertenencias habían desaparecido. Cuando más tarde, junto al fuego de la clase, me sirvió el té la criada de siempre, no me permití, sobre mi otro pupilo, ninguna pregunta. Era libre ahora, ¡podría haberlo sido hasta el final! Bueno, lo era; y consistía, al menos en parte, en su llegada a eso de las ocho para sentarse junto a mí en silencio. Cuando retiraron el servicio del té, apagué las velas y acerqué mi silla; era consciente de la mortal frialdad y sentía que nunca más volvería a sentir el calor. Así que cuando apareció, estaba sentada junto al resplandor, absorta en mis pensamientos. Se detuvo un momento en la puerta como si quisiera mirarme; luego, como si quisiera compartirlo, se acercó hasta el otro lado del hogar y se hundió en una silla. Nos quedamos allí sentados totalmente quietos; pero él quería, lo sentí, estar conmigo.

XXI

Antes de que amaneciese el nuevo día en mi cuarto abrí los ojos ante la señora Grose que se había acercado a mi lecho con las peores noticias. Flora estaba en tal estado febril que probablemente incubara alguna enfermedad; había pasado la noche en una condición de extrema intranquilidad, una noche agitada sobre todo por miedos que tenían como protagonista no a su anterior institutriz, sino a la actual. No era contra la posible vuelta de la señorita Jessel a escena contra lo que protestaba, era visible y apasionadamente contra la mía. Me levanté en seguida con muchas cosas que preguntar; mucho más ahora que mi amiga claramente se había preparado para volver a verme. De esto me di cuenta tan pronto como le pregunté por lo que pensaba de la sinceridad de la niña en oposición a la mía. «¿Persiste en negarle que vio, o ha visto nunca, nada?».

El apuro de mi visitante era grande. «Bueno, señorita, no es un asunto en el que pueda presionarla. Y tampoco, debo confesarlo, lo necesito demasiado. La ha envejecido de arriba abajo».

«La veo perfectamente bien desde aquí. Le molesta, como si se tratase de un gran personaje, la negación de su sinceridad y, de algún modo, de su respetabilidad. La señorita Jessel, ¡ella! Ella sí que es *respetable*, ¡niñata! La impresión que me causó ayer fue, se lo aseguro, la más extraña de todas; mucho más que cualquier otra. La ofendí. No volverá a hablarme».

Horroroso y oscuro como era todo, dejé a la señora Grose en silencio durante un instante; luego admitió mi punto de vista con una franqueza que, me aseguré, guardaba más detrás de sí. «De verdad pienso, señorita, que nunca lo hará de nuevo. ¡Es muy orgullosa para eso!».

«Ese orgullo», añadí, «es prácticamente lo que ahora le importa».

¡Oh! Ese orgullo lo podía ver en la cara de mi visitante, ¡y nada más! «Me está continuamente preguntando si va a volver».

«Ya veo, ya veo». Por mi parte yo también callaba más de lo que pensaba. «¿Desde ayer le ha dicho algo más, que no sea para negar su familiaridad con algo tan horroroso, acerca de la señorita Jessel?».

«Ni una palabra, señorita. Y por supuesto, ya sabe», mi amiga añadió: «Le entendí que en el estanque en ese momento y allí al menos *no* había nadie».

«¡Claro! ¡Y naturalmente aún lo cree!».

«No la contradigo. ¿Qué otra cosa puedo hacer?».

«¡Nada! Tiene que batallar con la persona más inteligente. Los han hecho, me refiero a sus dos amigos, aún más inteligentes de lo que de natural eran; ¡pues tenían un material maravilloso sobre el que actuar! Flora ahora tiene un motivo de queja y lo mantendrá hasta el final».

«Sí, señorita, pero ¿con *qué* fin?».

«Hablar de mí con su tío. ¡Dirá de mí que soy la criatura más abominable!».

Hice una mueca de dolor al imaginarme la escena en la cara de la señora Grose; durante un minuto miró como si los viese con nitidez juntos. «¡Y él que tiene tan buen concepto de usted!».

«¡Es extraño su modo, se me ocurre ahora», me reí, «de probarlo! Pero no me importa. Lo que Flora quiere es librarse de mí».

Mi compañera estaba de acuerdo. «No volver a verla».

«¿Así que a lo que ha venido es», le pregunté, «a que acelere mi marcha?». Antes de que pudiese replicar, sin embargo, la paré. «Tengo una idea mejor,

resultado de mis reflexiones. Mi partida *parecería* lo correcto, y el domingo casi me voy. Pero ya no sirve. Es *usted* la que tiene que marcharse. Tiene que llevarse a Flora».

Ante esto mi visitante meditó. «Pero ¿adónde...?».

«Lejos de aquí. Lejos de *ellos*. Lejos, sobre todo ahora, de mí. Con su tío».

«¿Solo para hablarle de usted...?».

«No, ¡no *solo* para eso! Para que me quede a solas con mi remedio».

Aún no lo veía claro. «¿Cuál es *su* remedio?».

«Para empezar su lealtad. Y luego la de Miles». Me miró con fijeza. «¿No cree que él...?».

«¿Me atacará si tiene la oportunidad? Sí, a veces lo pienso. De cualquier modo quiero intentarlo. Váyase con su hermana tan pronto como pueda y déjeme a solas». Me quedé sorprendida por el ánimo que aún guardaba, y quizá también un poco más desconcertada por el modo en que, a pesar del buen ejemplo, vaciló. «Hay una cosa, sin embargo», proseguí, «no deben verse en los últimos instantes antes de que ella se vaya». Entonces me asaltó la idea de que, a pesar del presumible retiro de Flora desde el momento en que regresó del estanque, podría ser ya demasiado tarde. «¿Me está diciendo», le pregunté con ansiedad, «que ya se *han* visto?».

Ante esto, enrojeció. «Bueno, señorita, ¡no soy tan estúpida como para eso! Si me he visto obligada a ausentarme tres o cuatro veces, la he dejado cada vez con una de las criadas, y ahora, aunque está sola, está encerrada. ¡Y aun así, aun así!». Eran demasiadas cosas.

«Y aun así, ¿qué?».

«Bueno, ¿tanto confía en el joven caballero?».

«No confío en nadie más que en *usted*. Pero tengo desde ayer por la tarde una nueva esperanza. Creo que quiere ser sincero conmigo. Creo que, ¡pobre granujilla!, quiere hablar. Anoche, en silencio junto al fuego, se sentó conmigo dos horas como si fuera a hacerlo».

La señora Grose miró con fijeza por la ventana el día gris que se anunciaba. «¿Y lo hizo?».

«No, aunque esperé y esperé confieso que no llegó y no rompimos el silencio, ni siquiera hicimos alusión al estado y ausencia de su hermana hasta

que nos dimos un beso de despedida. Igualmente», continué, «no puedo, si su tío la ve, consentir que vea a su hermano sin que le haya dado algo más de tiempo, sobre todo porque las cosas están muy mal».

Mi amiga pareció ante esto más reacia de lo que yo podía comprender. «¿Qué quiere decir con más tiempo?».

«Bueno, un día o dos, lo necesario para resolverlo. Entonces él estará de *mi* parte, de cuya importancia ya se dará usted cuenta. Si no sucede nada, habré fracasado, y en el peor de los casos usted me habrá ayudado al haber hecho lo posible al llegar a la ciudad». Así se lo expuse, pero durante un rato siguió perdida en otras razones, por lo que tuve que acudir en su ayuda. «A menos que», finalicé, «usted *no* quiera ir».

Por fin vi en su cara que se aclaraba; me tendió la mano como garantía. «Iré, iré. Iré esta mañana».

Quería ser muy razonable. «Si aún *desea* esperar, me las arreglaré para que ella no me vea».

«No, no. Es el lugar. Debe abandonarlo». Mantuvo un instante su mirada en mí, a continuación terminó: «Su idea es la mejor. Yo misma, señorita».

«¿Sí?».

«No puedo seguir aquí».

La mirada que me lanzó me hizo dar un respingo por lo que significaba. «¿Me está diciendo que desde ayer *ha* visto…?».

Meneó la cabeza con dignidad. «He *oído*».

«¿Oído?».

«De esa niña, ¡horrores! ¡Allí!». Dejó escapar un suspiro trágico de alivio. «¡Por mi honor, señorita, dice cosas…!». Ante este recuerdo se derrumbó; se dejó caer en el sofá con un grito repentino, y al igual que la había visto hacer con anterioridad, dejó salir toda la angustia.

Yo me había desahogado de un modo distinto. «¡Gracias a Dios!».

Se volvió a levantar al oír esto secándose los ojos mientras soltaba un gemido: «¿Gracias a Dios?».

«¡Esto me da la razón!».

«¡Así es, señorita!».

No podría haber deseado mayor énfasis pero esperé.

«¿Es tan horrible?».

Vi que mi colega no sabía cómo expresarlo. «Verdaderamente horroroso».

«¿Y con respecto a mí?».

«Respecto a usted, señorita..., ya que tiene que saberlo. Está más allá de cualquier cosa para una señorita; y no puedo imaginar de dónde lo ha sacado».

«¿El lenguaje atroz con que se refiere a mí? ¡Sí que puedo!».

Dejé escapar una risa significativa.

Esto solo dejó a mi amiga más ensombrecida. «Bueno, quizá, yo debería también, ¡pues algo sabía de antes! Y sin embargo, no puedo soportarlo», la pobre mujer siguió mientras con el mismo movimiento miraba el reloj que había en el tocador. «Tengo que volver».

La retuve, sin embargo. «¡Si usted no puede soportarlo...!».

«¿Cómo puedo estar con ella, me está diciendo? Bueno, solo *por* eso; para alejarla. Lejos de esto», continuó, «lejos de *ellos*».

«¿Puede que sea diferente?, ¿puede que sea libre?», la agarré casi con alegría. «Así pues, a pesar de lo de ayer, *cree*».

«¿En tales cosas?». Su simple descripción de ellos requería, a la luz de su expresión, que no se llevase más allá, y me lo expuso como nunca antes. «Sí, creo».

Sí, era una alegría, y aún estábamos juntas; si podía seguir segura de eso, lo demás me preocupaba poco. Mi apoyo, si el desastre se presentaba, era el mismo que en los primeros momentos en que necesitaba una confidente, y si mi amiga respondía de mi honradez, yo respondía del resto. En el momento de dejarla, no obstante, me sentía en cierto modo apurada. «Hay una cosa, por supuesto, que acabo de recordar. Mi carta dando la señal de alarma habrá llegado a la ciudad antes que usted».

En ese momento sentí más que nunca cómo había estado intentando ocultarlo y lo que eso la había agotado. «Su carta no habrá llegado. Nunca la envié».

«¿Qué ha sido de ella?».

«Quién sabe. El señorito Miles».

«¿Me está diciendo que la *cogió*?», dije a duras penas.

Esperó hasta que venció su reticencia. «Quiero decir que ayer, cuando regresé con la señorita Flora, vi que no estaba donde usted la había dejado.

Más tarde pude preguntarle a Luke y me respondió que no la había tocado ni tampoco visto». Solo pudimos intercambiar uno de nuestros mutuos lamentos; la señora Grose fue la primera que dejó escapar su fastidio casi con euforia: «¡Ya lo ve!».

«Sí, ya veo. Si Miles la cogió, con toda probabilidad la habrá destruido después de leerla».

«¿Y no se da cuenta de nada más?».

La miré a la cara con una sonrisa triste. «Me choca que esta vez sus ojos se hayan abierto más que los míos».

Y así era, pero aun entonces enrojecía al demostrarlo.

«Estoy empezando a saber lo que hizo en el colegio». Y me dio, con su agudeza simple, un extraño asentimiento casi desilusionado. «¡Robaba!».

Lo medité mucho, intenté ser más juiciosa. «Bueno, quizá».

Parecía que me encontraba inesperadamente calmada.

«¡Robaba *cartas*!».

No podía conocer mis razones para estar tan tranquila, después de todo era demasiado superficial; así que se las mostré como pude. «¡Espero entonces que fuese más provechosa que en este caso! La carta esa que ayer dejé en la mesa», proseguí, «le habrá dado tan poca ventaja, pues solo contenía la petición escueta para una entrevista, que tiene miedo de haber ido demasiado lejos para tan poco, y lo que le rondaba ayer por la cabeza era la necesidad de confesarlo». Me pareció al instante que había logrado dominarlo, verlo todo. «Déjenos, déjenos», estaba, ya en la puerta, despidiéndola. «Se lo sacaré. Tendrá que vérselas conmigo. Lo confesará. Si lo confiesa, está salvado. Y si se salva...».

«¿Usted lo está entonces?». La buena mujer me besó por esto, yo la despedí. «¡La salvaré a usted sin él!», gritaba mientras se marchaba.

XXII

Pero fue cuando se hubo marchado —y la eché de menos desde el mismo instante de su partida— cuando vino el gran golpe. Si había contado con lo que me supondría encontrarme con Miles a solas, muy pronto tuve que

aceptar que al menos me sería de utilidad. En ningún momento de mi estancia me asaltó la ansiedad como al bajar para enterarme de que el coche con la señora Grose y mi pupila más joven habían traspasado la verja. Era el momento, me dije a mí misma, de enfrentarme con los elementos, y durante casi todo lo que quedaba del día, mientras olvidaba mi debilidad, estuve pensando que había sido demasiado imprudente. Era un lugar más agobiante de lo que en principio había imaginado; cuanto más que, por primera vez, pude ver en el aspecto de los otros un reflejo profundo de la crisis. Naturalmente, lo que había ocurrido los dejó a todos asombrados; había poco que explicar, dijéramos lo que dijésemos del repentino acto de mi colega. Las criadas y los domésticos estaban pálidos; el efecto que causó en mis nervios fue el de un agravamiento hasta que vi la necesidad de volverlo algo positivo. Fue, en pocas palabras, agarrando el timón como evité el desastre total; y puedo decir que, para soportar todo, esa mañana me volví muy imponente y muy seca. Agradecí la conciencia de tener mucho trabajo que hacer, y me las apañé para que todos supieran que, abandonada a mis anchas, me mostraba extraordinariamente firme. Paseé de tal guisa una o dos horas por todo el lugar y parecía, no me cabe la menor duda, como si estuviese lista para cualquier comienzo. Así que para beneficiar a quien le importase, marché con el corazón acongojado.

La persona a quien parecía concernirle menos, hasta la hora de la cena, resultó ser el mismo Miles. En mis paseos no había logrado verlo, e hice más visible el cambio que se había efectuado en nuestra relación el día antes como consecuencia de haberme mantenido seducida y atontada ante el piano por el interés de Flora. Que era público y notorio se sabía, por supuesto, por su confinamiento y marcha, y el cambio fue llevado a cabo mediante nuestra desatención a la costumbre de tener clases. Ya había desaparecido cuando, al bajar yo, abrí su puerta y supe que ya había desayunado, en presencia de un par de criadas, con la señora Grose y su hermana. A continuación, salió a dar un paseo, según dijo él mismo; lo que no podía haber expresado mejor su claro punto de vista, pensé, del abrupto cambio en mis tareas. Qué era lo que a partir de ahora él permitiría que fuesen mis obligaciones había aún que establecerlo; había al menos un alivio extraño, sobre

todo para mí, en la renuncia de una pretensión. Si habían salido tantas cosas a la superficie, apenas tengo que señalar que lo que más había salido a relucir era lo absurdo que resultaba el que prolongáramos la ficción de que aún tenía cosas que enseñarle. Llamaba tanto la atención que, por trampas tácitas en las que él más que yo se preocupaba por mi dignidad, tuve que pedirle que me evitara el esfuerzo de ponerme a su mismo nivel. De cualquier modo ahora disponía de su propia libertad; nunca más la tocaría yo, como ya le había demostrado suficientemente; es más, al unírseme en la clase la noche anterior, no le dirigí, en referencia al tiempo pasado, ni un reproche ni una pista. Tenía desde ese momento un montón de ideas distintas. Pero cuando por fin llegó la dificultad de ponerlas en práctica, los problemas acumulados volvieron a mí con la hermosa presencia sobre la que, hasta el momento a pesar de lo ocurrido, no había dejado a la vista ni mancha ni sombra.

Para señalar a la casa el estilo elevado que cultivaba, dispuse que las comidas se sirvieran, así lo llamábamos, abajo; de ese modo le estuve esperando en la habitación pomposamente decorada desde cuya ventana obtuve de la señora Grose ese primer domingo aterrorizado el destello de algo que difícilmente se podría llamar luz. Aquí entonces sentí como si fuera nuevo, pues lo había sentido una y otra vez, cómo mi equilibrio dependía del éxito de mi voluntad inflexible, la voluntad de cerrar los ojos lo más fuertemente que pudiera ante *la* verdad con que tenía que tratar, de manera espantosa, contra natura. Solo podía continuar si llevaba la «naturaleza» a mi terreno, ganándome su confianza, tratando mi monstruosa experiencia como un empuje en una dirección desacostumbrada, por supuesto, y desagradable, pero que a pesar de todo solo exigía de una persona honesta otra vuelta de tuerca a la virtud humana ordinaria. Ningún intento, sin embargo, podía requerir más tacto que el de poner una mismo *toda* la naturaleza. ¿Cómo podía siquiera poner parte de ese artículo en la supresión a toda referencia a lo que había ocurrido?, ¿cómo por otro lado podía referirme a ella sin caer en la espantosa oscuridad? Bien, una especie de respuesta, tras un tiempo, me había llegado, y tuvo su contestación desde el momento en que, de manera incontestable, me vi delante de la fugaz visión de lo que era raro en mi

compañero. En verdad era como si hubiera encontrado ahora, al igual que tan a menudo había encontrado en sus lecciones, otro medio delicado para tranquilizarme. ¿No había luz en el hecho de que, mientras compartíamos nuestra soledad, surgió con un resplandor engañoso que nunca había terminado de apagarse?, ¿el hecho de que —ayudada por la oportunidad, oportunidad preciosa que acababa de llegar— sería descabellado, con un niño tan dotado, renunciar a la ayuda que alguien podía arrebatar a una inteligencia absoluta? ¿Para qué le había sido concedida la inteligencia sino para salvarse? ¿No podía uno, para llegar a su mente, arriesgarse a ponerle una mano en el hombro? Era como si, cuando estuvimos cara a cara en el comedor, me hubiese indicado literalmente el camino. El cordero asado estaba en la mesa y había despedido a los sirvientes. Miles, antes de sentarse, permaneció un momento de pie, las manos en los bolsillos mirando el pernil de cordero sobre el que estuvo a punto de emitir un comentario jocoso. Pero lo que en realidad dijo fue: «Querida, ¿de verdad que está gravemente enferma?».

«¿La pequeña Flora? No está tan mal pero dentro de poco habrá mejorado. Londres le vendrá bien. Bly ya no le sentaba bien. Anda, cómete el cordero».

Me obedeció con presteza, llevó el plato hasta su asiento y, ya sentado, prosiguió. «¿Bly le empezó a sentar mal de golpe?».

«No tan de golpe como puedas creer. Se veía venir».

«Entonces, ¿por qué no la sacó de aquí antes?».

«¿Antes de qué?».

«De que enfermase demasiado para viajar».

Me encontré sorprendida. «No está demasiado enferma para viajar; podría estarlo si hubiera seguido aquí. Era el mejor momento para marcharse. El viaje disipará la influencia», ¡estuve magnífica!, «y la eliminará».

«Ya veo, ya veo». Miles, a ese respecto, también era imponente. Se concentró en su comida con la encantadora etiqueta de «buenas maneras en la mesa» que, desde el día de su llegada, me había evitado toda admonición grosera. Fuera lo que fuese por lo que lo habían expulsado del colegio, no era por malos modales al comer. Estaba irreprochable, como siempre, hoy; pero era inconfundiblemente más consciente. Trataba de manera visible de

dar por hecho más cosas de las que había encontrado, sin ayuda, de manera muy fácil; y cayó en un pacífico silencio mientras examinaba la situación. La comida fue una de las más breves, la mía un vano fingimiento, y en seguida ordené que retiraran el servicio. Mientras esto se llevaba a cabo, Miles de nuevo se puso de pie con las manos en los bolsillitos de espaldas a mí, observando por el amplio ventanal abierto por el que el otro día yo había visto lo que me alarmó. Continuamos en silencio mientras la criada estuvo en la habitación, tan silenciosos, se me ocurrió caprichosamente, como una pareja joven que en su viaje de bodas en el hotel sienten apuro ante la presencia del camarero. Se volvió solo cuando la camarera nos dejó. «Bueno, ¡por fin solos!».

XXIII

«Bueno, más o menos». Me imagino que mi sonrisa fue poco convincente. «No del todo. ¡Eso no debería agradarnos!», proseguí.

«No, supongo que no. Por supuesto están los otros».

«Los otros, claro, están los otros», repetí.

«Incluso aunque estén», replicó, con las manos aún en los bolsillos, plantado frente a mí, «no cuentan en realidad, ¿o me equivoco?».

Intenté evitarlo, pero me sentí que palidecía. «¡Depende de lo que quieras decir con *en realidad*!».

«Sí», dijo, totalmente de acuerdo, «¡todo depende!». Ante esto, no obstante, se volvió hacia la ventana una vez más y se acercó hasta ella con su paso vago, inquieto, meditativo. Se quedó allí un rato, su frente contra el cristal, contemplando los tupidos setos que ya conocía y el ambiente aburrido de noviembre. Yo siempre tenía el pretexto de mi «trabajo», gracias al cual ahora me llegué al sofá. Arrellanándome en él para calmarme, como había hecho en los momentos de tormento que he descrito, como los momentos en que supe que los niños tenían algo de lo que yo estaba excluida, seguí mi costumbre de esperar lo peor. Pero una impresión extraordinaria cayó sobre mí cuando extraje el significado del apuro que sentía el muchacho al darme la espalda, no era otro que el no estar excluida ahora. La inferencia

fue haciéndose más intensa en pocos minutos y parecía estar unida a la percepción directa de que sin duda alguna era él quien lo estaba. Las jambas y listones del gran ventanal eran una imagen para él de una especie de fracaso. Sentí que lo veía, en cualquier caso, encerrado dentro o fuera. Era admirable pero no confortaba. Me engañé con un golpe de esperanza. ¿No estaba buscando por el ventanal encamado algo que no podía ver?, ¿y no era la primera vez durante todo este tiempo que le ocurría esto? La primera, verdaderamente la primera; la encontré un verdadero portento. Le causaba ansiedad, aunque se cuidaba de mostrarla; había estado nervioso todo el día e, incluso en los dulces modales de los que acostumbraba a la hora de comer, había necesitado de todo su genio singular para darles brillo. Cuando por fin se dio la vuelta para estar conmigo, era casi como si este genio hubiera sucumbido. «Bueno, ¡creo que me alegro de que Bly *me* siente bien!».

«Sin duda, parece que has visto, en estas veinticuatro horas, mucho más que anteriormente. Espero», continué con valentía, «que te hayas divertido».

«Sí, claro, he llegado tan lejos; dando vueltas durante millas y millas. Nunca he sido tan libre».

Verdaderamente tenía un modo muy suyo de comportarse, y yo solo podía intentar el no perderlo de vista. «¿Y te gusta?».

Permaneció allí plantado sonriente; al final lo resumió con tres palabras: «¿Y a *usted*?», que contenían más discernimiento que ninguna otra. Antes de que me diese tiempo a responderle continuó con el sentimiento de que esto era una impertinencia que había que suavizar. «Nada podría ser más encantador que el modo en que se lo toma, pues por supuesto, si estamos solos, es sobre todo usted la que está sola. ¡Pero espero», declaró, «que no le importe mucho!».

«¿Tener que ocuparme de ti?», le pregunté. «Mi querido niño, ¿cómo no va a importarme? Aunque he renunciado a todo derecho de estar acompañada por ti, te encuentras a tanta distancia de mí que al menos disfruto enormemente de ello. ¿Para qué más iba a desear quedarme aquí?».

Me miró aún más directamente, y la expresión de su cara, más seria, me sorprendió como la más hermosa que jamás había visto en él. «¿Solo se queda por *eso*?».

«Qué duda cabe. Me quedo porque soy tu amiga y por el tremendo interés que tengo en ti hasta que podamos hacer algo que sea digno de ti. Esto no tendría que sorprenderte». Mi voz tembló y *me* di cuenta de que no podía disimular el estremecimiento. «¿No recuerdas cómo te conté, cuando vine y me senté en tu cama la noche de la tormenta, que no había nada en el mundo que yo no haría por ti?».

«¡Sí, sí!». Él, por su lado, cada vez más nervioso, tenía un tono que controlaba; pero tenía mucho más éxito que yo, pues al poder reírse en una situación tan grave, podía simular que lo decía en plan de broma amable. «¡Solo que, pienso, era para que hiciese algo por *usted*!».

«En parte era para que hicieses algo», acepté. «Aunque, ¿sabes?, no lo hiciste».

«Sí», dijo con brillante afán superficial, «quería que le contara algo».

«Exacto. Has dado en el clavo. Lo que te pasa por la mente, ya sabes».

«¿Así que es por eso por lo que se ha *quedado*?».

Habló con una alegría a través de la que aún podía yo percibir el fino temblor de la pasión resentida; pero no logro expresar el efecto que ejerció en mí la implicación de una rendición tan sutil. Era como si lo que había estado deseando hubiera llegado por fin solo para sorprenderme.

«Bueno, sí, puedo ser completamente sincera al respecto. Era precisamente por eso».

Esperó tanto tiempo que supuse que era con el propósito de rechazar la suposición sobre la que se basaba mi acción; pero lo que al final dijo fue: «¿Quiere decir ahora, aquí?».

«No podría haber mejor lugar o momento». Miró a su alrededor con inquietud, y tuve la rara, ¡peculiar!, impresión de que era el primer síntoma que había visto en él al sentir la cercanía del miedo. Era como si de repente me tuviese miedo, lo cual me sorprendió como lo mejor que podía ocurrirle. Sin embargo, en medio de la punzada del esfuerzo, sentí que era inútil ser severa y me oí diciendo al momento siguiente de un modo tan gentil que casi parecía grotesco: «¿Quieres volver a salir otra vez?».

«¡Muchísimo!». Me sonrió con valor, y el conmovedor coraje se realzó al enrojecer vivamente. Había cogido el sombrero que había traído, y se

quedó de pie dándole vueltas de un modo que me dio, incluso a punto de ponérselo, la sensación de horror perverso por lo que yo estaba haciendo. Hacerlo de *cualquier* otro modo era un acto de violencia, pues ¿en qué consistía sino en el reforzamiento de la idea de grosería y culpa en una pequeña criatura indefensa y joven que me había revelado las posibilidades de una bella relación? ¿No era infame crear para un ser tan exquisito una simple violencia extraña? Supongo que ahora veo la situación con una claridad que no pude tener entonces, pues parece que veo nuestros pobres ojos ya encendidos con la chispa del anticipo de alguna visión de la angustia que iba a llegar. Así pues, andábamos trazando vueltas a los terrores y escrúpulos como luchadores que no se atreven a acercarse. ¡Pero era al otro a quien temíamos! Eso nos mantuvo un poco más indecisos y sin magulladuras.

«Se lo contaré todo», dijo Miles, «quiero decir que le contaré todo lo que quiera. Se quedará conmigo, y no nos pasará nada, se lo *contaré*, de verdad. Pero no ahora».

«¿Por qué ahora no?».

Mi insistencia lo alejó de mí y lo volvió a acercar a la ventana en un silencio durante el cual, entre nosotros, podría haber oído el ruido que hace un alfiler al caer. Al rato estaba una vez más frente a mí con el aire de una persona para quien alguien a quien se estaba esperando afuera había llegado. «Tengo que ver a Luke».

No me esperaba de él una mentira tan vulgar y sentí un miedo proporcional. Pero, horribles como eran, sus mentiras formaron la verdad. Acabé unas cuantas hileras del punto que estaba haciendo. «Bueno, ve a ver a Luke, mientras espero que cumplas tu promesa. Solo que como pago por ello, antes de que te marches, has de hacerme un favor muy pequeño».

Me miró como si hubiese tenido tanto éxito que pudiera regatear. «¿Muy pequeño?».

«Sí, apenas una fracción del total. Dime», ¡me preocupaba mi trabajo y estaba improvisando!, «si ayer por la tarde cogiste de la mesa de la entrada, ya sabes, mi carta».

XXIV

Mi comprensión de cómo había recibido esto sufrió un instante por algo que solo sé describir como una fuerte escisión de mi atención, un golpe que al principio, mientras me ponía en pie de golpe, me redujo al mero movimiento automático de agarrarlo, acercarlo y, mientras buscaba apoyo en el mueble más cercano, lo mantenía instintivamente de espaldas a la ventana. La aparición estaba frente a nosotros y tuve que enfrentarme a ella aquí; Peter Quint se había hecho visible como un centinela en la prisión. Lo siguiente que vi fue que desde fuera había llegado hasta la ventana y en seguida supe que, cerca del cristal y mirando por él, ofreció una vez más a la habitación su blanca cara maldita. Se acerca de modo grosero a lo que me ocurrió si digo que al instante había tomado una determinación; no creo, no obstante, que ninguna mujer tan abrumada recuperara en un tiempo tan breve el dominio de sus *actos*. Comprendí ante el horror de la presencia tangible, al ver y al enfrentarme a lo que tenía ante mí, que tenía que mantener al niño ajeno a lo que estaba ocurriendo. La inspiración —no puedo darle otro nombre— fue el sentir que *podía* hacerlo de manera voluntaria o trascendental. Era como luchar contra un demonio por un alma humana, y cuando casi lo había comprendido, vi cómo el alma humana, sostenida, entre mis manos que temblaban a una distancia de un brazo, cubría de gotas de sudor la hermosa frente infantil. El rostro que estaba cerca del mío estaba tan blanco como el que se apoyaba en el cristal, y del que salió un sonido, ni bajo ni débil, sino que parecía proceder de muy lejos, y que aspiré como si se tratara de un golpe de fragancia.

«Sí, la cogí».

Ante esto, con un gruñido de gozo, lo abracé, lo atraje hacia mí; y mientras lo sostenía contra mi pecho, donde podía sentir la repentina fiebre de su cuerpecito y el pulso acelerado de su corazón, mantuve la vista en la ventana y vi que la cosa se movía y cambiaba de posición. Lo había comparado a un centinela, pero su paso lento durante un momento era más bien el paso cansino de un animal desconcertado. Mi coraje acelerado, sin embargo, era

tal que, para que no se trasluciera demasiado, tuve que proteger la llama. Mientras tanto su mirada estaba otra vez en la ventana, el granuja inmóvil, como si vigilara y esperara. Era la seguridad de que ahora podía desafiarlo, al tiempo de la certeza, esta vez, de la inconsciencia del niño, lo que me hizo seguir. «¿Para qué la cogiste?».

«Para ver qué diría de mí».

«¿La abriste?».

«Sí, sí que la abrí».

Mis ojos estaban ahora fijos, conforme lo mantenía alejado, en el rostro del propio Miles, en el que la desaparición de la burla me mostró lo completos que eran los estragos del desasosiego. Lo más prodigioso era que por fin, por simple éxito, sus sentidos sobrenaturales estaban sellados y su comunicación había cesado; sabía que estaba en presencia pero no sabía de qué, y mucho menos sabía que yo también lo estaba y que él lo sabía. *¿Y* qué importaba esta tensión cuando mis ojos se volvieron a la ventana solo para ver que el aire estaba limpio de nuevo y que, por mi triunfo, la influencia se había apagado? No quedaba nada fuera. Sentí que se debía a mi causa y que con seguridad lo conseguiría *todo.* «¡Y no encontraste nada!», dejé escapar.

Asintió con un golpe de cabeza, triste y pensativo.

«Nada».

«¡Nada, nada!», casi grito de alegría.

«Nada, nada», repitió con tristeza.

Lo besé en la frente; estaba empapada. «¿Y qué has hecho con ella?».

«La he quemado».

«¿Quemado?». Era el momento. «¿Hiciste lo mismo en el colegio?».

¡La de cosas que esto reveló! «¿En el colegio?».

«¿Cogías las cartas?, ¿otras cosas?».

«¿Otras cosas?». Parecía pensar en algo lejano y que le llegaba solo por la presión de su ansiedad. Al final le llegó.

«¿Que si *robé?*». Sentí que enrojecía hasta la raíz del pelo al tiempo que me preguntaba si era más extraño hacerle a un caballero semejante pregunta o ver que le consienten todo y así adquiere la distancia de esta caída en el mundo.

«¿No es por eso por lo que no puedes volver allí?».

La única cosa que sintió fue una pequeña sorpresa aburrida. «¿Sabías que no podías volver?».

«Sé todo».

Ante esto me dirigió la más larga y extraña mirada.

«¿Todo?».

«Todo. Así pues, ¿lo hiciste…?». No pude decir la palabra.

Miles pudo, con total simplicidad, decirla. «No, no robé».

Mi cara debió de demostrarle que le creía totalmente; aun así, mis manos —pero era por pura ternura— lo cogieron como si quisieran preguntarle por qué, si no había nada a cambio, me había condenado a meses de tormento. «¿Qué fue lo que hacías entonces?».

Miró con dolor impreciso por toda la habitación y respiró dos o tres veces como con dificultad. Podía haber estado en el fondo del mar y alzado los ojos hacia algún débil brillo verdoso. «Bueno, decía cosas».

«¿Solo eso?».

«¡Lo consideraron más que suficiente!».

«¿Para expulsarte?».

¡Nunca, en verdad, una persona *expulsada* había mostrado tan poco para explicarlo como este joven! Pareció que sopesaba mi pregunta, pero de un modo indiferente y casi indefenso. «Bueno, supongo que no debería haberlo hecho».

«¿Pero a quién se las decías?».

Evidentemente trataba de recordar, pero lo dejó, lo había olvidado. «¡No sé!».

Casi me sonrió en la desolación de su rendición, que era prácticamente total en este momento, tan completa que debería haberlo dejado allí. Pero estaba envanecida, estaba cegada por la victoria, aunque incluso entonces el efecto que iba a acercarlo mucho más era ya el de la separación.

«¿Fue a todo el mundo?», pregunté.

«No, solo a…», dio un pequeño cabeceo. «No recuerdo los nombres».

«¿Tantos eran?».

«No, solo unos pocos. Los que me caían bien».

¿Los que le caían bien? Parecía que flotaba no en la claridad sino en una oscuridad cerrada, y en un minuto había surgido de mi pena la terrible sospecha de que podía ser inocente. Era por el momento confusa y sin fondo, pues en el caso de que *fuera* inocente, ¿qué era yo entonces? Paralizada por la mera presencia de la pregunta, dejé que se alejara un poco; así pues, con un hondo suspiro, volvió a alejarse de mí; lo cual, mientras miraba la ventana despejada, me hizo sufrir, pues sentía que no tenía nada más de que protegerlo. «¿Y repitieron lo que decías?», proseguí al cabo de un rato.

Pronto estuvo a cierta distancia de mí, aún respirando con dificultad y con aspecto, aunque ahora sin rabia por ello, de haber sido acorralado en contra de su voluntad. Una vez más, al igual que en veces anteriores, miró el día mortecino como si, de lo que hasta entonces lo había mantenido, no quedase nada más que una ansiedad indecible.

«Oh, sí», replicó no obstante, «debieron de repetirlas. A los que *les* caían bien», añadió.

Era algo menos de lo que había esperado, pero volví a ello. «¿Esas cosas llegaron...?».

«¿A los profesores? ¡Claro!», respondió con sencillez. « Pero no me imaginaba que iban a decirlas».

«¿Los profesores? No lo hicieron, nunca las dijeron. Por eso te lo pregunto».

Volvió de nuevo su hermosa cara febril hacia mí.

«Sí, fue terrible».

«¿Terrible?».

«Lo que supongo que a veces dije. Escribir a casa».

No puedo describir el patetismo exquisito de la contradicción que tal hablante daba al discurso; solo sé que al instante siguiente me oí exclamando con vigor cariñoso: «¡Nada, son tonterías!». Pero seguidamente resulté más severa: «¿Qué cosas *decías*?».

Mi brusquedad iba dirigida a su juez y ejecutor; sin embargo, hizo que volviese a apartarse, y ese movimiento hizo que *yo*, de un salto y con un grito irreprimible, me pusiese a su lado. Pues allí, de nuevo, contra el cristal, como si quisiera arruinar su confesión y que permaneciese su respuesta,

estaba el autor horrendo de nuestro pesar, la blanca cara de la maldición. Sentí un vértigo ante el fracaso de mi victoria y el regreso de mi batalla, pues mi salto feroz solo sirvió para traicionarme. Lo vi, desde el medio de mi acto, enfrentarse a una adivinanza, y ante la percepción de que incluso ahora solo llegaba a adivinar, y de que la ventana aún estaba despejada para él, dejé que el impulso ascendiera para convertir el punto culminante de su consternación en la prueba de su liberación. «¡Más no, más no, más no!», chillé al visitante mientras intentaba apretarlo contra mí.

«¿Está ella *aquí*?», jadeó Miles mientras dirigía sus ojos sellados en la dirección que mis palabras señalaban. Entonces, como su extraño «ella» me hizo tambalear y, con un grito sofocado, repetí: «¡La señorita Jessel, la señorita Jessel!», me dio la espalda con furia repentina.

Cogí, pasmada, su suposición, alguna secuela de lo que habíamos hecho a Flora, pero esto solo me hizo enseñarle que era algo aún mejor que eso. «¡No es la señorita Jessel! Pero está en la ventana, justo delante de nosotros. ¡Está *aquí*, el cobarde horror, por última vez!».

Ante esto, después de un segundo en que su cabeza se movió como si se tratara de un perro desconcertado ante un olor y se sacudiese frenético en busca de aire y luz, vino hacia mí pálido de rabia, desorientado, escudriñando vanamente el lugar y perdiéndose todo, aunque ahora, según yo lo sentía, la abrumadora presencia llenaba la habitación como el sabor del veneno. «¿Se trata de él?».

Había tomado la determinación de obtener la prueba, por lo que fui muy fría con él. «¿A quién te refieres con él?».

«A Peter Quint, ¡malvada!». La cara volvió a mostrar, por toda la habitación, su súplica convulsa. «¿Dónde?».

Aún resuena en mis oídos su entrega absoluta al nombre y su homenaje a mi devoción. «¿Qué importa ahora, querido?, ¿qué puede importarnos *nunca más*? ¡*Yo* soy la que te tiene», le lancé a la bestia, «y él te ha perdido para siempre!». Y para demostrárselo, «allí, *allí*», dije a Miles.

Pero ya se había dado la vuelta bruscamente, había mirado, escrutado otra vez, para no ver más que el día tranquilo. Con el golpe de esa pérdida

de la que me sentía tan orgullosa, dejó escapar el grito de una criatura enfrentada al abismo, y la fuerza con que lo recuperé podría ser la misma que la que hubiese necesitado al cogerlo durante la caída. Lo cogí, sí, lo sostuve —puede imaginarse con qué pasión—; pero al cabo de un minuto comencé a sentir lo que de verdad estaba sosteniendo. Estábamos a solas con el día calmado, y su corazoncito, desposeído, se había parado.